Lucie Nixdorf

Eiszeit im Herzen

Jede Übereinstimmung mit Personen und Orten ist rein zufällig.

Lucie Nixdorf

Eiszeit im Herzen

Impressum

© Copyright 2015
Alle Rechte bei der Autorin

Coverphoto: J. P. Saßmannshausen
Herstellung und Verlag:
BoD - Books on Demand, Norderstedt
ISBN: 9783734759291

Inhaltsverzeichnis

Teil 1 – Liebe tut weh

John	9
Der Verdacht	27
Frohe Weihnachten	39
Ein Häuschen auf dem Land	51
Trautes Heim ...	67
Begegnungen	87
Eine Schwerstgeburt	99
Grete	119
Dünnes Eis	137

Teil 2 – Engel schickt der Himmel

La Rabita	149
Sierra Nevada	159
Die spanische Rechtsordnung	175
Die französische Lebensart	191
Heimkehr mit Hindernissen	207
Der Irrtum	221

Epilog

Spuren im Sand	231

Teil 1

Liebe tut weh

John

Ich hatte zu meinem Freund John eigentlich kein gutes Verhältnis mehr. Dass wir überhaupt noch zusammen waren lag wohl daran, dass ich von ihm schwanger war und er sich ein kleines Mädchen gewünscht hatte – und vielleicht auch wegen der Liebe.

Wir wohnten damals Anfang der Achtziger in einer WG auf dem Land, in einem Dorf namens Miesbach. Nachdem ich meine Lehre als Tierarzthelferin beendet und keine Stelle gefunden hatte, war ich mit meiner treuen Mischlings-Hündin Muschel zu John in die WG gezogen, die ganz alternativ in einem Fachwerkhaus mit Scheune und Garten und einem immensen Besucheraufkommen ihrem idyllischen Dasein frönte. Er hatte mir dieses Angebot in einer glücklichen Stunde gemacht, als wir zusammen gekommen waren, nachdem wir uns schon fast ein Jahr kannten und ich die Hoffnung fast aufgegeben hatte.
Obwohl ich nach meiner Lehre ja eigentlich erst mal meine Freiheit genießen und rumreisen wollte, siedelte ich mit Muschel und meinen wenigen Habseligkeiten in die WG um. Das hatte zumindest den Vorteil,

dass ich mein teures Appartement kündigen und John näher sein konnte. Ich bekam das kleine ehemalige Zimmer von Mick, der in die Räume zu seiner Frau Zilly und ihrem Kind zog. Angeblich machte es ihm nichts aus, er würde eh meistens bei ihnen schlafen, aber ich kam mir doch wie ein Eindringling vor. John hatte sein Zimmer unter mir direkt neben der Küche. Es war ziemlich groß und hätte auch für mich mit gereicht, aber das zarte Band der Liebe sollte wohl nicht direkt überstrapaziert werden.
Mick hatte nebst Katzen auch eine Mischlingshündin, die nicht sonderlich begeistert auf den Zuwachs reagierte. Aber immerhin zerfleischten sie sich nicht gegenseitig, sondern gingen sich nur aus dem Weg.

Als wir am ersten Abend nach meinem Einzug gemeinsam in der Küche beim Essen sitzen, ist John in aufgeräumter Stimmung und wendet alle Aufmerksamkeit mir zu. Glücklich suche ich immer wieder seinen Blick, um dann in seine grün-grauen Augen zu versinken. Mick wechselt amüsierte Blicke mit Zilly, während John es sich nicht nehmen lässt, meine Blicke zu erwidern. Alles in allem also ein gelungener Abend.

Da ich ja momentan arbeitslos bin, kann ich morgens genüsslich ausschlafen, während John auf die Arbeit gehen muss. Er ist seit einigen Wochen als Holzfäller beim Forstamt beschäftigt und muss somit schon früh aufstehen. Wenn er sich mit einem zärtlichen Kuss und den Worten: „Und sei schön lieb" von mir verabschiedet, kuschele ich mich noch einmal in die Kissen und schlafe wieder ein. Ihm mache das nichts aus, meint John auf meine Nachfrage hin. Wenn er morgens dann am Waldrand über die Hügel ins Tal schaue, wo die dünnen Rauchfahnen der Häuser zusammen mit dem Nebel in das noch zarte Weiß-Blau des Himmels aufsteigen, dann wäre das richtig schön. Ich bin beeindruckt von seiner romantischen Ader, die bisher noch nicht so zu Tage gekommen war.
Auch Mick macht sich früh auf den Weg zur Arbeit, Zilly kann so lange schlafen wie ihr Baby sie lässt. Dafür machen wir dann brav die Hausarbeit und erwarten unsere „Männer" meistens mit einem reichhaltigen Abendessen nach alter Hausfrauentradition. Vorher war schon meistens eine von uns mit Milchkanne und Flaschenkorb beim Bauern gewesen, Milch und Bier holen. Der Bauer hat nebenbei auch praktischerweise einen kleinen Getränkevertrieb.

Und dann spielt John schon mal auf seiner Gitarre, nur für mich, außerhalb seiner üblichen Proben, die er sonst mit Freunden in einer Amateurband regelmäßig abhält.
"My Lady d'Arbanville - why do you sleep so still?"
Verzückt lausche ich den alten Klängen von Bob Dylan, die John neu interpretiert. Endlich habe ich wohl mein zu Hause und den richtigen Mann gefunden.

Die Umstellung aufs alternative Landleben ist nicht ganz einfach, bringt mir aber auch einige nützliche Fertigkeiten ein wie: Einen Ofen mit selbstgefertigtem Brennholz beheizen, einen vollwertigen Salat aus dem biologischen Garten anrichten oder einen rostigen Kotflügel mittels einer Flex wieder zum Leuchten bringen sowie dessen mehr.
Ich traue mich nicht mehr, zum Frühstück die dekadente Nusscreme auf mein Brot zu streichen, sondern nehme mir ein Vorbild an deftigem Käsebrot mit Knoblauch und Tomaten. Der alte Holzfußboden in der großen Küche wird von Zilly und mir nach alter Hausfrauenkunst gebohnert und im Herbst machen wir mit ein paar befreundeten, gleichgesinnten Frauen gemeinsam Rotkohl und Marmelade ein.

Unser Besucheraufkommen ist immens, und jeder bekommt einen Platz beim Essen am großen Küchentisch. Ich als unbekannter Neuzugang werde nicht weiter beachtet und komme eigentlich auch nur selten zu Word. Die einheimische Musik- und Motorradszene trifft sich bei uns zur gemeinsamen Session oder zu Ausflugsfahrten. Ich sitze dann hinter John auf seiner Goldwing, angetan mit seiner alten Motorradlederjacke, einem Ersatzhelm und jede Menge Stolz, nun doch dazuzugehören.

Freitag ist unser Ausgehabend, und dafür wird schon gegen Nachmittag der Badeofen angeheizt. Es ist verpönt, mehr als ein Mal die Woche zu baden, da es so viel Holz braucht, den Kessel anzuheizen. Also wird alles in einem Rutsch erledigt. Man spricht sich ab, wer in welcher Reihenfolge, und muss nur noch zu gegebener Zeit das Badewasser erneuern und Holz nachlegen. Zilly badet meistens als erste, da sie ihre schönen langen Haare immer nur über dem Ofen trocknet, was für die Haarstruktur viel besser wäre als mit dem Fön aber dementsprechend länger dauert. Wenn man allerdings Pech hat, und als Letzter dran ist, muss man sich tierisch beeilen, um die gemeinsame Abfahrt in Mick's altem VW Bus zu unserer heimeligen Stammdisco De Tutt nicht zu verpassen.

Einmal war mir an einem schnöden Mittwoch nach Baden zumute, was ich auch tat und mir einen Rüffel von Mick einbrachte, der immer gern den Chef hervorkehrt. So fahre ich dann manchmal zu Bekannten duschen, zumal als der Herbst kommt und die andere alternative Bademethode im Weiher zu kalt wird. John und ich haben dort ein lauschiges Plätzchen gefunden, von hohem Schilf umgeben, wo ich mich mit Muschel manchmal hin verkrümele, wenn mir das Hausfrauendasein zu viel wird. Dort kann ich mich ungestört nackig in der Sonne aalen, das kühle Wasser genießen und auf John warten, der nach seiner Arbeit auch gerne dort noch ein Bad nimmt.

Mein Lieblingskleid ist zurzeit ein altmodisches Blümchenkleid vom Flohmarkt, dazu trage ich braune Haut, blaue Augen und helle mit Margariten geflochtene Zöpfe. John sieht mit seinen braunen kurzen Haaren im rosa Overall ein bisschen wie James Dean aus – eigentlich sind wir ja ein schönes Paar!

John baut uns ein großes Bett aus selbstgerichteten Baumstämmen aus seinem Wald und stellt es in meinem Zimmer auf, wo es dann fast die Hälfte von einnimmt.

Trotzdem nutzen wir es nicht viel, da es bei uns im Bett einfach nicht so recht klappt. Prüde Erziehung und erste schlechte Erfahrungen hatten bei mir Sex zu einem unbefriedigenden Ereignis werden lassen und somit werte ich einen Orgasmus durch Beischlaf als ausgesprochenen Glücksfall. Doch wenigstens zärtlich soll es sein, mit viel Nähe und Berührung.

John hat auch ein Problem: Er ist in null Komma nix fertig, obwohl er das wahrlich nicht will. Und da ihm dann jede weitere Aktivität da unten sehr schmerzhaft ist, dreht er sich danach immer sofort rum und flüchtet sich in den Schlaf, währenddessen ich daliege und nicht weiß wohin mit Lust und Frust. Nichtsdestotrotz versuchen wir es trotzdem öfters, aber leider ohne praktische Erweiterung und deshalb weiterhin erfolglos, so dass meine Enttäuschung allmählich wächst und seine wahrscheinlich auch. Leider will er nicht mit mir darüber reden, er meinte nur einmal:

„Ich bin schon bei vielen Ärzten gewesen, aber keiner weiß, was das ist. Und jetzt habe ich keinen Bock mehr! Du kannst ja gehen, wenn dir das nicht passt – ich habe dir von Anfang an gesagt, dass ich keine feste Beziehung haben will."

Na prima, warum hatte er dann dabei ausgesehen wie ein unverstandener Junge auf der Suche nach der großen Liebe? Und wieso hatte er nach unserem „ersten Mal" von einem kleinen Mädchen gesprochen, das er gerne von mir haben würde? Was soll das alles hier, wenn er nur eine lockere Bekanntschaft sucht?

Es ist Herbst geworden. Eines schönen Samstag Morgens wachen wir nach einem gemeinsamen Abend noch mal zusammen in meinem Bett auf, die Sonne scheint zum Fenster herein und kitzelt die Lust in uns wach. Wir fangen an, uns zärtlich zu streicheln, voller Hingabe räkele ich mich in den durchs Fenster hereinfallenden Sonnenstrahlen.
Ich denke schon: Vielleicht klappt es diesmal, da klopft es energisch an unsere Tür.
„Jooohn, ihr müsst aufstehen!"
Das ist Mick, der seinen weißblonden Igelkopf mit einem verschmitzten Lächeln zur Tür hereinstreckt.
„Um zehn ist Holzmachen angesagt, ihr könnt ja heut' Abend weitermachen."
Na prima, was will der? Als John doch tatsächlich aufsteht und nach seinen Sachen sucht, hätte ich Mick gerne auf den Mond geschossen, aber dafür ist es schon zu spät.

„Ja, ich komm' schon."
Gehorsam zieht John sich seine Sachen an und stapft hinter Mick die Treppe runter, ohne sich noch mal nach mir umzudrehen.
Also das war's mal wieder. Wer weiß, wann es noch einmal so eine gute Gelegenheit geben würde, ich bin sehr enttäuscht. Aber mir bleibt nichts anderes übrig, als auch aufzustehen, schließlich ist ja „Holzmachen angesagt".

Das Holzmachen entpuppt sich dann sogar zu einer größeren Aktion. Wir fahren mit einigen Leuten, die im übrigen schon alle beim gemeinsamen Frühstück in der Küche sitzen, als ich herunterkomme, auf einem geliehenen Trecker mit Anhänger durch die herbstliche Landschaft bis zu einem Waldstück, welches wir zum Holzeinschlag nutzen dürfen.
Schweigend sitze ich hinten auf dem Anhänger zwischen den munter schwätzenden Frauen, während die Männer sich natürlich lieber vorne auf dem Trecker zusammenquetschen. Sie alle kennen sich schon länger und haben sich viel zu erzählen, ich komme mir dabei vollkommen überflüssig vor.
Bis zum Nachmittag haben wir das Holz zusammen: John und Peter fällen und

entasten die Bäume mit der Motorsäge, die anderen schleppen sie aus dem Wald hin zum Trecker, wo sie dann aufgeladen werden. Eine schöne Plackerei, bei der ich ständig an eine deftige Brotzeit mit einem schäumenden Bier denken muss. Doch leider gibt es keine Rast und schon gar keine Brotzeit, da wir noch vor dem Dunkelwerden wieder zu Hause sein wollen.
Und so gibt es auch keine Gelegenheit mehr, mit John alleine ein Wort zu wechseln. Er ist mit der Motorsäge beschäftigt und ich mit Äste schleppen und während der Rückfahrt sitzt John wieder mit den Männern vorne auf dem Trecker und ich bei den Frauen hinten. Am Abend läuft zwischen mir und John natürlich auch nichts mehr, dafür sind wir viel zu kaputt und haben uns wieder viel zu weit voneinander entfernt.

Doch der Herbst mit seinen längeren Abenden schafft Zeit für die Liebe. Wir machen es uns bei John vor dem Fernseher gemütlich, gehen früh zu Bett und schlafen Arm in Arm ein. Dann bin ich glücklich, wenn ich bei ihm sein darf und wir uns gut verstehen. Nur noch selten weiten wir unsere Zärtlichkeiten auf Sex aus, und wenn doch passiert das Gleiche wie immer. Irgendwie bin ich dann doch auf die Tour schwanger geworden, die natürliche Verhütungsmethode mit „vorher Rausziehen" hat wohl nicht immer ganz funktioniert trotz der wenigen Male. Aber vielleicht war ich ja auch nur zu oft bei der Herstellung von alternativer Babykost zugegen gewesen und es hatte abgefärbt.

Wie auch immer, ich bin auf jeden Fall total überrascht und weiß nicht, ob ich mich freuen oder weinen soll, als ich die Praxis meines Frauenarztes verlasse. Nachdem ich einmal meine Tage mit sehr schlimmen schmerzhaften Blutungen bekommen hatte und die nächsten ausgeblieben waren, habe ich ihn jetzt endlich konsultiert.

Johns Reaktion wage ich mir gar nicht auszumalen. Er kommt in der Mittagspause extra nach Hause, um das Ergebnis meiner Untersuchung zu erfahren. Wir sind in der Küche, John steht abwartend am Fenster und schaut hinaus. Ich nehme allen Mut zusammen:

„Also John, äh … ich bin schwanger!"

Ungerührt schaut er weiter aus dem Fenster. Nicht dass ich wirklich mit einem Gefühlsausbruch seinerseits gerechnet hätte, aber diese Reaktion kommt mir schon etwas dürftig vor.

Immerhin meint er dann großzügig:

„Das kriegen wir schon hin, Emma, mach' dir mal keine Sorgen."
Ungläubig horche ich auf. Das klingt ja besser als ich gedacht hatte.
„Ja, meinst du? Freust du dich denn?"
Ich bin noch nicht so überzeugt.
„Ja schon – aber nächstes Jahr hatte ich vor, nach London zu fahren, du weißt ja, dass ich schon die ganze Zeit mal zu den Anfängen des Punks wollte. Das ist für mich unheimlich wichtig, und ich bleibe ja auch höchstens ein Jahr, dann komm' ich wieder und bin nur noch für euch da."
Na super – erst will er ein Kind und dann muss er nach London wegen der Punk Musik! Und **nur** ein Jahr, das ist ja gar nichts, vor allem wenn es in die Geburts- und Baby-Zeit fällt. Was braucht frau da überhaupt einen Mann?
Er schaut auf seine Uhr und meint, dass er jetzt aber los müsse, und ich bringe nur noch ein „Ja, wenn du meinst" heraus und schon ist er weg.
Diesen großen Moment in meinem Leben habe ich mir irgendwie anders vorgestellt, im Fernsehen war das immer anders, irgendwas läuft hier verkehrt. Soll ich das Kind unter diesen Umständen überhaupt bekommen?

Ziemlich deprimiert und verunsichert mache ich mich auf den Weg zu einer Freundin in einer anderen WG, um Rat einzuholen. Dort begieße ich meinen Kummer erst mal mit einem Wodka Lemon (wer weiß, wann ich den nächsten bekommen würde) und vielen Tränen, doch eine Lösung kommt trotzdem nicht in Sicht. Leise hege ich die Hoffnung, dass John nach der Arbeit hier auftauchen würde, um mich nach Hause zu holen. Das wäre ja mal ein Liebesbeweis. Und tatsächlich kommt er am Abend mit seiner Goldwing vorbei, ist jedoch ziemlich zugeknöpft und will auch direkt wieder fahren. Ich erwähne meinen Wodka-Konsum lieber nicht, setze mich folgsam in meinen Käfer und fahre vorsichtig hinter ihm her nach Miesbach.

Hoffnungsfroh denke ich bei mir: Jetzt wird bestimmt alles gut. Daheim sagt er, dass er immer bei mir bleiben wird. Und wir werden eine kleine glückliche Familie, und das mit dem Sex kriegen wir auch schon noch hin.

Zu Hause angekommen fängt John wieder mit dem Thema an:

„Emma, ich will doch nur ein Mal nach London, und ich kann ja eher fahren, schon nächstes Frühjahr, dann bleibe ich nur ein halbes Jahr und bin im Herbst wieder zurück, wenn das Kind da ist."

„Toll, ganz toll! Während du irgendwo in London bist, kriege ich mein Kind – allein, und du kommst dann irgendwann wieder und sagst: Hei, hier bin ich. Und derweil mache ich hier alles alleine, oder wie?"
„Das ist nicht nur dein Kind, es ist auch mein Kind, und da habe ich auch ein Recht drauf!"
„Wenn du die ganze Zeit weg bist und dich nicht um uns kümmerst, dann hast du kein Recht darauf, dann ist es mein Kind. Und wovon sollen wir überhaupt leben, jetzt finde ich erst recht keine Stelle mehr und der Mutterschutz geht nur ein halbes Jahr und was ist danach?"
„Ich werde dir schon Geld geben, ich zahle Unterhalt für mein Kind. Da brauchst du dir keine Sorgen zu machen."
„John, wenn du mich die Schwangerschaft über bis nach der Geburt alleine lässt, dann brauchst du gar nicht mehr wieder zu kommen, dann mache ich das nämlich alles alleine, auch mit dem Geld, und dann ist es alleine mein Kind!"
Unversöhnlich starren wir uns an. Wir sind in meinem Zimmer, aber unser Streit ist bestimmt bis in die Küche zu hören. Was Zilly und Mick wohl denken?

Den nächsten Tag bleibe ich im Bett. Ich fühle mich krank, unfähig eine Entscheidung zu treffen und schäme mich vor den anderen. Ich bin anscheinend weder für ein normales Eheglück noch Mutterglück geeignet und weiß nicht mehr, ob ich das Kind überhaupt kriegen soll. Zilly meint, dass es ganz allein meine Entscheidung wäre, und Mick versteht nicht, was das alles soll, denn schließlich würde John ja auch das Kind haben wollen.

Gegen Abend kommt John dann zu mir aufs Zimmer, um sich wieder zu versöhnen. Ich bin inzwischen zu dem Schluss gekommen, dass frau sowieso auf sich selbst gestellt ist und ich das Kind wenn nötig auch alleine bekommen und großziehen würde.

John lenkt ein:

„Es ist doch noch gar nicht raus, Emma, ob ich wirklich nach London gehe, vielleicht bleibe ich ja auch hier."

Und dann kündigen meine Eltern ihren Besuch an, sie würden nur mal kurz vorbeischauen, wenn Papa Feierabend hat. Es ist das erste Mal, dass sie mich hier besuchen, obwohl es nur eine Stunde Fahrt pro Strecke ist. Aber wir haben ja auch nicht das beste Verhältnis zueinander, nachdem ich schon mit siebzehn zu meinem ersten Freund gezogen war, der sich dann leider als absoluter Fehlgriff erwiesen hatte.

Das war vor ungefähr vier Jahren gewesen, und nun sitze ich heute arm und arbeitslos in irgend so einem Kaff, bin auf die Gunst von ein paar fast fremden WG Genossen angewiesen und bekomme ein Kind von einem Waldarbeiter, der demnächst seinen Job an den Nagel hängen will, um sich in London der Musik zu widmen. Und es würde kein Kind der Lust sein, denn bei unserem dürftigen Liebesleben war ich noch nicht ein Mal zum Zug gekommen.

Am Tag des Besuches macht sich ein banges Gefühl bei mir breit, irgendwie kann ich mir nicht vorstellen, dass meine Eltern Gefallen an unserer Lebensweise finden würden. Außerdem hatte ich meiner Mutter bisher noch nie was recht machen können. Mein Vater würde wie immer freundlich fürsorglich sein, während meine Mutter nur schwer ihre Missbilligung würde verbergen können.

Also putze ich erst mal gründlich: die Küche, den Flur, das Badezimmer und mein Zimmer. John will bei dem Besuch sogar anwesend sein und unterstützt mich, indem er die Öfen versorgt und mir Zuspruch erteilt wie:

„Die sind auch irgendwann mal wieder weg!" und „Was stellst du dich so an?"

Nur selten hat sich bisher ein Elternteil der WG-Bewohner hierhin verirrt, um genau zu sein ist es jetzt das erste Mal in den fünf Monaten seit meinem Einzug. Aber umgekehrt läuft da auch nicht viel, von John weiß ich, dass sein letzter Besuch bei den Eltern schon Monate her ist, obwohl sie ganz in der Nähe wohnen, und Mick hat seine Eltern noch nicht ein Mal erwähnt. Selbst Zilly's Eltern haben das Baby bisher kaum zu Gesicht bekommen. Warum das so ist – auch darüber wird nicht gesprochen. Ihre Familie sind halt ihre Freunde, und ich suche noch danach.

Als meine Eltern kommen, ist es schon dunkel und die Sauberkeit kann nicht mehr blitzen. Es hat geregnet, der Boden vor dem Haus ist aufgeweicht. Die Hunde stürmen raus und begrüßen die Ankömmlinge aufgeregt, dabei ihre schmutzigen Spuren auf dem geputzten Boden und der guten Anzughose meines Vaters hinterlassend.

Mit einem: „Ist doch gut, Muschel! Jetzt ist aber Schluss. Hallo, mein Schatz!" kommt mein Vater herein, meine Mutter hinterher, einen besorgten Blick auf die Schmutzränder an ihren Schuhen und auf Vaters Hose werfend.

„Hallo, schön dass ihr gekommen seid, möchtet ihr einen Kaffee oder etwas anderes? Muschel, jetzt hör doch mal auf, mach Platz!"

Ich öffne die Küchentür, wo John sich vom Tisch erhebt, um meine Eltern zu begrüßen. Wir trinken einen Kaffee zusammen, essen möchten sie nichts. Jeder ist angestrengt bemüht, kein falsches Wort zu sagen, wobei John und mein Vater die Unterhaltung noch am meisten bestreiten. Hinterher meint John, dass meine Eltern ja gar nicht so schlimm wären.
Ziemlich bald kommt auch Mick nach Hause und Zilly mit dem Baby herunter, sie wollen mit dem Kochen anfangen. Meine Eltern verabschieden sich.
„Wenn du was brauchst, melde dich. Du weißt, dass du dich jederzeit auf mich verlassen kannst", versichert mir mein Vater noch einmal und meine Mutter gibt noch schnell ein paar gute Ratschläge:
„Hier im Flur müsst ihr noch ein Gitter hinmachen, oben an der Treppe, sonst ist das zu gefährlich für das Kind. Und zieh dich warm genug an, Emma, wenn es jetzt so kalt wird!"
„Ja Mama, mach' ich."
Ich drücke sie kurz und klopfe meinem Vater kameradschaftlich auf die Schulter.
„Und kommt gut heim, ich ruf' mal an."

Der Verdacht

Ich lasse mir von Zilly die Haare ganz kurz schneiden lassen und ziehe jetzt auch schon mal einen Minirock an, so nach dem Motto: Letzte Gelegenheit vor dem „Zelt-Look". Ich gehe viel aus und suche anderweitig nach Bestätigung, dabei spürend, dass dies von meinen Mitbewohnern sowie von John als nicht besonders schwangergerecht angesehen wird. Aber schließlich ist es ja meine Zeit, die abläuft, bevor nichts wieder so ist, wie es mal war.
Auf diese Weise lerne ich den „Geier" kennen. Er ist ein totaler Chaot, mit blondgefärbten Haaren in buntgemusterter, knalliger Hose und blauer Lederjacke, aber gutaussehend und nett. Vor allem macht er einen so unalternativen Eindruck, und was noch besser ist: Er kümmert sich um mich, wenn wir uns mal zufällig irgendwo treffen und gibt mir das Gefühl, dass er mich so mag, wie ich bin.

Eines Samstag nachmittags im Spätherbst liegen John und ich bei mir im Holzbett und haben noch einmal versucht, Liebe zu machen. Es läuft ab wie jedes Mal.

„John, willst du nicht vielleicht doch mal was dran machen?" versuche ich ein Gespräch.
„Oder lass uns doch wenigstens noch etwas weitermachen – streicheln und küssen zum Beispiel ... John?"
„He, ... was is'n los?"
John ist schon wieder halb am Schlafen.
„Ich kann so nicht weitermachen, ich halte das nicht mehr aus! Wir müssen etwas ändern!"
„Mensch Emma, wenn dir das nicht passt, kannst du ja gehen, das habe ich dir schon mal gesagt!"
Ohne ein weiteres Wort stehe ich auf und ziehe mich an. Draußen ist es kalt und wolkenverhangen. Wie viel lieber wäre ich im Bett geblieben, an den Vater meines Kindes gekuschelt, wir hätten uns Geschichten erzählen können, bei Kerzenlicht begleitet von dem Knacken und Singen des Holzes im Ofen. Es hätte so romantisch sein können!
Anstatt dessen presse ich ein: „Ich fahre zum Geier in die WG" heraus und warte auf ein „Emma, bleib doch hier!", was aber natürlich nicht kommt.
So tuckere ich mit Muschel im Schlepptau in meinem Käfer über die einsame Landstraße, es sieht nach erstem Schneefall aus und ich frage mich, ob das wirklich so eine gute Idee

gewesen ist, jetzt noch mal wegzufahren. Geier wohnt zurzeit bei Leuten, die eine Diskothek in einem entfernten Dorf gepachtet haben und ich weiß noch nicht einmal, ob er überhaupt zu Hause ist. Aber jetzt noch mal umkehren, das wäre zu blöd.

Geier ist zu Hause, und alle anderen auch. Sie freuen sich über meinen Besuch, machen Sekt auf, ich gönne mir ein Glas und schnorre eine Zigarette; eigentlich hatte ich ja aufgehört zu rauchen. Es gibt viel zu erzählen und ich vergesse meinen Frust, die Zeit dabei auch. Irgendwann schaue ich einmal aus dem Fenster und sehe, dass es dunkel geworden ist und geschneit hat.
„Jetzt muss ich aber dringend nach Hause, sonst wird es zu spät."
„Du kannst ja hier bleiben, wenn du magst. Vielleicht ist es bei dem Wetter besser, du fährst nicht mehr", bietet mir Geier an.
„Also hier ist genügend Platz, wir sind sowieso gleich weg", spricht Marion mir zu, „du kannst ja daheim anrufen und Bescheid sagen."
„Okay, ich hab' jetzt auch keinen Bock mehr, zu fahren."
Also rufe ich daheim an. John ist am Telefon. Ich erkläre, warum es besser wäre hier zubleiben und warte auf ein „Komm doch

nach Haus", oder noch besser „Ich hole dich ab", aber John bleibt cool wie immer und meint nur, dass es wohl so besser wäre.
Ausnahmsweise genehmige ich mir noch ein Glas Sekt, Geier legt Musik auf, die anderen sind zum Arbeiten nach unten in die Disco gegangen.

Plötzlich merke ich, wie müde ich bin, zu aufreibend war der Tag gewesen. Ich sehne mich nach einem Bett. Geier bietet mir großzügigerweise seines an, ein Doppelbett mit sauberer schöner Wäsche. Die Wände seines Zimmers sind mit Graffiti bemalt und voll gestopft mit Musik- und Computerteilen, neonfarbigen Lämpchen und anderen Kunstobjekten. Mir gefällt es.
Züchtig mit Unterwäsche lege ich mich in die eine Hälfte und schmiege mich unter die Decke. Irgendwie hat Spannung meine Müdigkeit vertrieben. Was wird das hier? Geier kommt auch herein, angetan mit einem Slip und guter Figur, und legt sich in die andere Hälfte. Die Spannung steigt.
„Emma, du bist die schönste schwangere Frau, die ich kenne, du hast so einen schönen Körper!"
Geier beugt sich etwas zu mir herüber, dabei rutscht seine Bettdecke bis zu den Hüften.

„Ah ja, wie viel schwangere Frauen kennst du denn?"
Ich bin wie immer bei einem Kompliment verlegen geworden. Jetzt nähert er sich auf meine Hälfte und legt seine Hand auf meinen Bauch.
„Spürt man es schon?"
Da muss erst ein Geier daherkommen, damit mir einer mal an den Bauch fühlt und nach dem Kind fragt. Genau das hatte ich mir die ganze Zeit von John gewünscht. Geier legt seinen Kopf auf meinen Bauch und hört angestrengt.
„Das ist noch zu früh", wehre ich ab.
Er kommt hoch, nimmt meinen Kopf in seine Hände und küsst mich, einfach so. Sämtliche Alarmglocken in meinem Kopf schrillen.
„Geier, lass das bitte. Ich kann nicht. Ich liebe John und ich – ich bin treu."
„Okay Emma, das verstehe ich. Das find' ich gut."
Er zieht sich auf seine Hälfte zurück und muckst sich nicht mehr. Er scheint zu schlafen, aber die Spannung steht immer noch im Raum und ich frage mich, warum ich und vor allem auf was ich warte.

Am nächsten Morgen scheint die Sonne wieder. Der Schnee blitzt von den Dächern und Bäumen, die Straßen sind geräumt. Ein

richtiges Ausflugswetter, meint Geier beim Frühstück, ob ich nicht mit ihm ein paar Leute besuchen fahren wolle, ich hätte doch bestimmt noch etwas Zeit. Ja schon, eigentlich habe ich ja nun noch etwas Zeit, wenn überhaupt erwartet mich zu Hause bestimmt nichts Angenehmes, überlege ich.
Also machen wir uns in guter Stimmung auf den Weg, wobei der Tag dann doch nicht das hält, was er versprach. Bei dem Besuch verschwindet Geier auf einmal mit einer Frau wohin auch immer, während die anderen die Zimmerluft mit Qualm erfüllen und die Bierflaschen leeren. Da ich aber weder das eine noch das andere tun darf und die einzige bekannte Person, nämlich Geier, ewig verschwunden bleibt, sitze ich bald wie auf heißen Kohlen. Eigentlich wollte ich doch schon längst zu Hause sein, aber leider sind wir mit seinem Auto hier. Vermutlich nimmt er sich gerade das, was er letzte Nacht nicht bekommen hatte. Ich komme mir ziemlich verarscht vor.

Erst am Abend komme ich wieder in Miesbach an, geknickt und mit schlechtem Gewissen stecke ich den Kopf zur Küchentür herein. John, Zilly und Mick sitzen in trauter Gemeinsamkeit bei Kerzenschein vorm Fernseher und gucken gerade „Tatort".

Nur Zilly schaut auf: „Hallo Emma!"
„Hallo", murmele ich, unschlüssig in der Tür verharrend und auf eine weitere Reaktion wartend. Da nichts kommt, ziehe ich leise wieder die Tür zu und gehe nach oben auf mein Zimmer.
Ich hatte mir eine Matratze auf dem Fußboden zwischen Ofen und Fenster eingerichtet, da es alleine in dem riesigen Bett so ungemütlich ist. Dort schlief ich meistens, nämlich immer dann, wenn John nicht bei mir schlief. Ganz klar, heute Abend würde er bestimmt nicht bei mir schlafen, also verkrieche ich mich mit meinen Decken auf die Matratze. Es ist saukalt im Zimmer, da der Ofen seit 2 Tagen aus ist. Durch die Eisblumen am Fenster scheint trübe das Licht der Straßenlaterne herein. Zu meinem Trost habe ich Muschel zu mir herein genommen, sonst bleibt sie eigentlich mit dem anderen Hund im Flur.
„Ach Muschel, wie soll das nur weitergehen?"
Muschel wedelt aufmunternd mit ihrem Schwanz und fiept ihre Anteilnahme.
„Ja Muschel, ist ja gut. Aber was sollen wir nur machen? So kann ich dem Kind doch kein gutes Zuhause bieten!"
Muschel schaut mich mit ihrem treu ergebenen Hundeblick an und legt ihren Kopf mit einem tiefen Seufzer in meine

Hände. Endlich bahnen sich die Tränen ihren Weg nach draußen. Wieso ist John nur so kalt zu mir? Und was sollte das mit dem Geier?
„Im Grunde will niemand was von mir, Muschel, nur du hältst zu mir. Ja klar, was bleibt dir auch anderes übrig, ne?"

Vorsichtig geht die Tür auf und John streckt seinen Kopf herein.
„Emma?"
„Ja?"
„Kann ich zu dir kommen?"
Unauffällig wische ich die Tränen weg.
„Wenn du willst", bringe ich heraus.
John schickt Muschel raus in den Flur, entledigt sich seiner Klamotten und schlüpft zu mir unter die Decke. Er fragt nicht, wo ich die ganze Zeit gewesen bin, sondern nimmt mich nur in den Arm. Ich kann mein Glück gar nicht fassen, habe aber das Gefühl, mich rechtfertigen zu müssen und fange deshalb an, von meinem Ausflug zu erzählen.
Aber John will gar nichts hören, er streichelt mich und dringt schon nach kurzer Zeit in mich ein. Zwei Sekunden später zieht er sich stöhnend wieder zurück und lässt sich neben mich fallen. Ich sage nichts, kuschele mich nur an ihn und bin froh, dass er zu mir gekommen ist.

Schon früh wache ich wieder auf an diesem Montagmorgen, John schläft noch. Leise schleiche ich mich aus dem Zimmer und gehe nach unten, um ihn mit einem Frühstück zu überraschen.
Ich habe gerade erst den Ofen in der Küche neu entfacht, als John schon hereinkommt.
„Morgen." begrüße ich ihn zaghaft.
„Morgen."
John nimmt sich den Kessel und setzt Kaffeewasser auf.
„Musst du heute nicht arbeiten?"
„Doch!"
Er holt das Brot aus dem Kasten und schneidet ein paar Scheiben ab. Ich decke den Tisch.
„Ich meine nur, weil du so spät dran bist."
Er erwidert nichts.
„Du John, mir tut das leid!"
„Was tut dir leid?"
Der Kessel summt, sofort ist John zur Stelle und brüht den Kaffee auf.
„Na, dass ich so lange weg war, und dass ich nicht noch mal angerufen habe."
Er setzt sich an den Tisch und fängt an, Brote zu schmieren.
„Das macht nichts!"
„Aber warum bist du dann jetzt so komisch? Es ist nichts passiert", versuche ich es

wieder. „Mit dem Geier ist nichts gelaufen – ich liebe dich doch!"
John schüttet sich eine Tasse Kaffee ein, mit dem Rest füllt er seine Thermoskanne, gießt noch Milch hinzu und beißt in ein Brot.
„Weißt du was, Emma? Du kannst zukünftig machen was du willst, es interessiert mich nicht mehr!"
„Was soll das heißen: Es interessiert dich nicht mehr?"
„Das heißt, dass wir ab jetzt getrennte Wege gehen."
„Und das von letzter Nacht, das habe ich also geträumt, oder was?"
„Ab jetzt werde ich dich nicht mehr belästigen, Emma, ich werde dich nicht mehr anpacken!"
In diesem Moment kommt Zilly mit dem Baby auf dem Arm in die Küche.
„Morgen!"
John packt seine Brote und die Thermoskanne in seine Tasche, schäkert noch kurz mit dem Baby, als wenn nichts wäre und ist mit einem: „Bis heut' Abend" verschwunden. Verdutzt schaue ich ihm nach und verstehe die Welt nicht mehr.

Ich hatte das erst nicht so ernst genommen mit dem: „Ich pack' dich nicht mehr an", aber nach einiger Zeit wird mir klar, dass dieser

Ausspruch wörtlich zu nehmen ist. Obwohl ich mich sehr bemühe, meinen hausfraulichen Pflichten nachzukommen, nur noch selten weggehe und Geier auch nicht mehr gesehen habe, ändert John sein Verhalten nicht. Erst fast ein Jahr später wird er mir einmal in einem Gespräch enthüllen, dass er die ganze Zeit geglaubt hatte, ich hätte an dem einen Wochenende mit dem Geier geschlafen.

John berührt also weder mich noch meinen anschwellenden Bauch, kein Kuss und keine Umarmung mehr. Er bleibt kalt und distanziert und redet nur noch das Nötigste mit mir.
Mir ist sein Verhalten schleierhaft, denn eigentlich war ja gar nichts passiert und ich war ihm doch sogar treu geblieben – trotz allem. Und das hatte ich ihm ja schließlich auch mehrmals versichert, was hätte ich noch mehr tun können?
Aber wie auch immer, bei uns hat die Eiszeit angebrochen, das fühle ich ganz deutlich.

Frohe Weihnachten

So vergeht die Zeit und es wird Weihnachten. Geplant war eine gemütliche Feier nur im Kreise der WG, da sich ausnahmsweise kein Besuch angekündigt hatte. Am Morgen des Heiligabend fahren wir nach dem Frühstück erst alle einmal zusammen einkaufen, die Stimmung ist heiter. Danach verkrümeln sich John und Mick in die Dorfkneipe, um sich kurz einen Drink zu genehmigen, weil das hier bei den Bauern so üblich sei, wie sie sagen.
Ich gehe in der Zeit mit Muschel spazieren, Zilly kümmert sich um das Baby, danach wollen wir zusammen das „Festmahl" bereiten. Als ich vom Spaziergang zurückkomme, sind John und Mick immer noch nicht zurück. Da das Frühstück schon einige Stunden zurückliegt, mache ich mir erst mal ein Brot und gebe Muschel zu fressen.
Zilly taucht mit Baby im Arm in der Küche auf und meint:
„Wo die Männer nur bleiben?"
Wir schauen zur Küchenuhr hoch, es ist mittlerweile halb fünf, draußen wird es gerade dunkel.

„Also ich fange jetzt an zu kochen, ich hab' Hunger!" verkündet Zilly und setzt das Baby in seinen Hochstuhl.
„Mensch Zilly, das kann doch wohl nicht dein Ernst sein! Während wir hier schön fleißig kochen, sitzen die Herren in der Kneipe und saufen sich einen an! Und das soll dann der Weihnachtsabend sein?"
Ich bin voll entrüstet.
„Ja und, was willst du machen, sie holen gehen? Das ist mir zu blöd, in die Kneipe zu gehen und sie da rauszuholen. Jetzt haben wir schon das ganze Zeug gekauft und außerdem habe ich Hunger!"
Während das Baby zustimmend mit den Händen klatscht, geht Zilly entschlossen zum Kühlschrank und mixt sich erst mal einen Campari Orange.
„Na toll, ich find' das Scheiße!"
„Die werden schon gleich kommen. Also ich fange jetzt an."
Zilly nimmt einen tüchtigen Schluck und holt dann das Fleisch heraus.
„Also gut, was soll ich machen, Kartoffeln schälen?"
Wahrscheinlich ist es besser, sich zu beschäftigen als noch länger zu warten, zumal mein Magen auch eindeutig fürs Kochen plädiert.

Die Rollladen schmoren im Topf, der Rotkohl verbreitet einen angenehmen Duft nach Äpfeln und Nelken, die Kartoffeln dümpeln im Salzwasser, der gemischte Salat lacht aus seiner Schüssel, der Tisch ist gedeckt, das Holz prasselt und knackt lustig im Ofen, als die Tür aufgeht und die Männer gutgelaunt und schwankend die Küche betreten.
„Hmm, das riecht aber lecker hier!"
Mick lüpft schnuppernd den Deckel vom Bratentopf.
„Da haben die Frauen aber gut gekocht."
„Wo wart ihr denn so lange?" will Zilly wissen.
John hat sich derweil mit einem Bier an den Tisch platziert und widmet sich nun ausgiebig dem Baby, das über die Aufmerksamkeit ganz begeistert ist.
„Wann is denn das Essen fertich?" wendet sich Mick mit einem seligen Lächeln zu Zilly hin.
Na prima, es kommt noch nicht einmal eine Entschuldigung. John ignoriert mich völlig und verharrt lieber auf der Kleinkind-Ebene.
„Also ich hab' jetzt keinen Hunger mehr! Ich geh' jetzt ins Bett!"
Hocherbost rausche ich aus der Küche, insgeheim hoffend, von einer mitfühlenden Seele aufgehalten zu werden. Im Flur fällt mir dann ein, dass mir so wohl kein

besonders angenehmer Abend bevorstehen würde, ganz allein in meinem Kämmerlein, ohne Essen, ohne alles, aber zurück will ich auch nicht mehr, zumal mich keiner aufgehalten hatte und John auch nicht hinter mir hergekommen war.
Ich verziehe mich in Johns Zimmer, das unten gleich neben der Küche liegt. Dort ist es zwar saukalt, da der Ofen seit letztem Abend nicht mehr an war, aber hier kann ich darauf hoffen, noch einmal heute auf John zu treffen. Irgendwann würde er ja wohl in sein Bett wollen, und außerdem musste er gehört haben, dass ich nicht nach oben gegangen war und kommt bestimmt gleich nach, so hoffe ich. Er würde mich doch hier nicht alleine so lange liegen lassen!
Die Düfte des Essens dringen durch den Türschlitz. Mein Magen meldet sich wieder. Es ist leise Musik und Stimmengewirr hinter der Wand zu hören, hinter der ich in John's Bett liege und warte. Ab und zu ist Mick's lautes Lachen zu vernehmen oder das Klirren der Bierflaschen, wenn sie im Kasten im Flur ausgetauscht werden.
Ich kann es nicht begreifen: Während ich hier alleine in einem kalten Zimmer ohne Essen, schwanger obendrein, versauere, lassen die anderen es sich wohl gehen, und das am Heiligen Abend. Keiner kommt auf

die Idee, mal nach mir zu schauen, ob ich vielleicht doch etwas essen mag oder so.
Leider lässt mein Stolz es nicht zu, mich doch noch dazuzusetzen, lieber darbe ich in meiner Einsamkeit und suche den Schlaf. Wie John sich dann irgendwann zu mir legt, merke ich nicht mehr.

An Sylvester sind wir alle zu Freunden auf eine Fete in einer anderen WG eingeladen, wo wir auch übernachten können. Ich habe nicht mitgewollt, was soll ich schließlich unter all diesen trinkenden und rauchenden Menschen, die ich eh alle nicht kenne? John würde in der Gästeschar verschwinden und ich mich einsam vor mich hin langweilen. Als John dann auch zu Hause bleibt, bin ich heilfroh. Alleine mit meinem Kind im Bauch und Muschel zu Füßen wäre ich nur ungern ins neue Jahr gegangen, und nun besteht wenigstens die Chance auf einen gemütlichen Abend zu zweit.
So sitzen wir denn am Abend nach dem Essen in Johns Zimmer vor dem Fernseher und gucken ein Fußballspiel. John hatte sich bisher noch nie für Fußball interessiert, aber jetzt schaut er angelegentlich und ausdauernd in die Röhre, dabei ab und zu an seinem Bier nippend. Als er sich eine Zigarette dreht, anzündet und sich dann

wieder voll dem Spiel widmet, kann ich nicht mehr an mich halten:
„Du wärst lieber mitgefahren, ne?"
„He, wohin?"
„Na auf die Fete, mit Zilly und Mick."
„Wieso? Nee, ich hab' doch gesagt, dass ich hier bleibe."
Er lässt kein Auge vom Fernseher.
„Dann lass uns doch was zusammen machen", schlage ich hoffnungsfroh vor.
„Wir machen doch was zusammen", entrüstet sich John, „was willst du denn sonst machen?"
Mir fallen auf Anhieb jede Menge Sachen ein, die ich lieber gemacht hätte, aber ich schweige.
„Was ist denn jetzt schon wieder nicht richtig?"
Er steht auf, geht zum Ofen und legt ein paar Scheite Holz nach.
„Weißt du, John, ich stelle mir das halt anders vor, mit einem Mann zusammen zu leben und von ihm ein Kind zu erwarten. Du beachtest mich überhaupt nicht mehr und Fußball interessiert mich absolut nicht!"
„Ja wenn dir das nicht passt, du musst hier nicht sitzen."
Er pflanzt sich wieder in seinen Sessel.
Ja, ich muss hier nicht sitzen, also stehe ich auf.

„Ich gehe noch ein bisschen mit Muschel raus, bis gleich."

Draußen ist es kalt, still und dunkel, nur die Straßenlaterne wirft ihr klares Licht und ein wunderbarer Sternenhimmel wölbt sich über uns. Aus einigen Schornsteinen steigen Rauchfahnen empor, Fenster sind erhellt und mit Lichterketten festlich geschmückt. Drinnen feiern bestimmt glückliche Leute im Kreise ihrer Familie, denke ich und beneide sie aus vollem Herzen. Vielleicht ist es doch nicht so schlecht, ein Spießer zu sein, bei mir läuft jedenfalls immer alles schief.
Die Kälte und ihr Gehilfe Raureif haben die Landschaft fest im eisigen Griff an diesem Sylvester Abend, meine knirschenden Schritte auf dem Schnee und das Schnüffeln von Muschel sind die einzigen Geräusche hier. Während Muschel eine geeignete Stelle zum Pinkeln gefunden hat und ich auf sie warte, taucht aus dem Dunkeln eine Gestalt auf. Muschel bellt sofort und geht in Wachstellung.
„Emma?"
Jetzt begrüßt Muschel die Person freundschaftlich, und ich erkenne Anette.
„Mensch Anette! Was machst du denn hier?"
Wir fallen uns in die Arme, zum ersten Mal seit wir uns kennen. Sie ist schon lange mit

Anarcho zusammen, der ein gebürtiger Miesbacher ist und ein Freund von Mick und John. Vor einiger Zeit waren sie mit ihrem Kind zusammen in die Nähe von Marburg gezogen und kommen ab und zu mal auf Besuch bei uns vorbei.

„Ich suche Anarcho, er ist vor 2 Stunden weggegangen und wollte gleich wieder da sein. Ist er vielleicht bei euch?"

„Nee, wieso, wo wollte er denn hin?"

„Nur mal kurz weg, ach was weiß denn ich! Und ich kann den ganzen Abend bei meinen Schwiegereltern sitzen und das Kind hüten, das hab' ich nicht mehr ausgehalten, und jetzt laufe ich schon ne halbe Stunde im Dorf rum und suche ihn."

„Vielleicht ist er im Tutt?"

„Ne, da habe ich schon angerufen."

„Ach Anette, es ist alles Scheiße. Mit John läuft es auch nicht so gut und – ich bin schwanger!"

„Was, das gibt's doch gar nicht! Ich bin auch schwanger!"

Wir fallen uns erneut in die Arme.

„Seit wann?", will ich wissen.

„Ich bin erst im zweiten Monat und du?"

„Schon im dritten. Freust du dich?"

„Na ja, Anarcho haut öfters ab und lässt mich mit dem Kleinen einfach sitzen. Er spielt

gerne und da geht jede Menge Geld bei drauf, deswegen geh' ich ihn ja jetzt auch suchen."
„Oh je, das ist aber Scheiße!", und denke bei mir, dass ich wenigstens in diesem Punkt besser dran bin.
„John sitzt nach Feierabend meistens nur noch zu Hause, außer wenn er Probe hat. Aber dafür bin ich so gut wie Luft für ihn und er hält auch immer mindestens einen Viertelmeter Abstand zu mir, seitdem ich mal ein Wochenende weg war, beim Geier, aber außer einem Kuss war da nichts, und das habe ich ihm auch gesagt."
„In meiner ersten Schwangerschaft war Anarcho mir fremd gegangen, mit einer Frau aus dem Dorf. Ich stand vor ihrem Haus mit meinem dicken Bauch und wusste, dass er bei ihr war, weil ich ihm nachgegangen war."
„Und – was hast du gemacht?", frage ich gespannt.
„Gar nichts, was sollte ich auch schon machen? Klingeln und ihn herausbitten oder einen Riesenaufstand machen und mich noch vor der Frau blamieren?"
„Ach Anette, das würde ich mir nicht gefallen lassen, da würde ich lieber Schluss machen!"
„Wie denn, jetzt sogar mit zwei Kindern. Und er hat mir ja auch versprochen, dass es ein einmaliger Ausrutscher war. Verziehen habe

ich ihm noch nicht, das kannst du glauben. Aber ich muss jetzt los."
„Ja, ich will auch vor zwölf daheim sein."
Wir umarmen uns ein letztes Mal, diesmal wohl mehr aus Verzweiflung.
„Vielleicht ist Anarcho ja auch schon wieder zu Hause", versuche ich Anette aufzuheitern, „mach's gut!"
„Du auch und bestell John einen schönen Gruß."
Eilig trennen wir uns und Anette verschwindet wieder in der Dunkelheit.

John ist derweil immer noch am Fernsehen, nur das Programm hat gewechselt: Die Lacher von der alljährlichen englischen Parodie *„Dinner For One"* tönen mir nun entgegen.
„Hallo, stell' dir mal vor, ich hab' draußen Anette getroffen, sie hat Anarcho gesucht. Weißt du, wo er sein könnte?"
„Nee, woher soll ich denn das wissen. Vielleicht im Tutt?"
„Ne, da ist er auch nicht. Und weißt du was? Anette ist auch schwanger!"
Wieder heben die Lacher des Fernsehpublikums an, als der Butler beim Servieren zum wohl hundertsten Mal über den Tigerfellkopf stolpert.

„Ja, das weiß ich schon", meint John, von ein paar verspäteten Lachern aus dem Fernseher begleitet.

„Na toll", denke ich mir, „und keiner hat mir was gesagt."

Schlag zwölf erhebt sich John aus seinem Sessel mit den Worten: „Also ich geh jetzt nach draußen, den Nachbarn ein gutes neues Jahr wünschen, kommst du mit?"

„Und was ist mit der Mutter deines Kindes", liegt mir auf der Zunge, aber John war schon hinausgegangen.

Er steht im Hof und grüßt zu den wenigen Nachbarn rüber, die sich ebenfalls vor die Tür gewagt haben und ein paar Kracher und Leuchtraketen loslassen. Aus einem Garten blinkt ein einsamer geschmückter Tannenbaum.

„Alles Gute John!"

Ich versuche, ihm dabei in die Augen zu schauen, eine Umarmung wäre auch nicht schlecht gewesen.

Aber sein Blick geht seitlich an mir vorbei, seine Haltung ist abweisend.

„Ja, alles Gute Emma."

Ein Häuschen auf dem Land

Ich fahre wieder mehr weg, so weit es das Wetter erlaubt, und besuchte alte und neue Bekannte (ausgenommen Geier), einmal auch Anette und Anarcho in Marburg. Nach diesem Besuch war in mir allerdings der Entschluss gereift, dass es auf jeden Fall besser wäre, ohne Mann zu leben als mit dem falschen, auch wenn Frau gerade von diesem ein Kind erwartet.
Also eröffne ich John, dass alles so keinen Sinn mehr hätte, und dass ich ausziehen würde.
„Ja, wenn du meinst!" ist alles, was er dazu sagt.
Meine leise Hoffnung auf ein „Bleib doch hier, jetzt wird sich alles ändern" schwindet dahin. Es scheint ihn noch nicht einmal sonderlich zu interessieren; auch dann nicht, als ich die nächsten Tage die Zeitungen nach Wohnungsannoncen durchstöbere.

Schon bald finde ich etwas in einem Dorf in der Nähe, was meine Erwartungen noch bei weitem übertrifft. Ein kleines Häuschen inmitten eines großen Gartens mit einer Veranda und zwei putzigen Zimmern, einem Bad und einer Küche mit einem schönen, alten Kachelofen. Alles ist gut in Schuss und wartet nur auf mich, sogar ein sauberer Speicher und ein winziges Gartenhäuschen sind vorhanden.

Die Vermieter, ein älteres Ehepaar, sind sehr freundlich und lassen sich auch davon nicht abschrecken, dass ich schwanger bin, zwar keinen Mann dafür aber einen Hund vorzuweisen habe und voraussichtlich von Sozialhilfe werde leben müssen. Ein richtiges Gottesgeschenk also, zumal der Mietpreis auch noch sehr bescheiden ist. Ich müsse nur bis morgen Bescheid sagen, da noch einige andere Interessenten warten würden. Ich bin begeistert und sage natürlich sofort zu, am nächsten Tag wollen wir den Mietvertrag unterschreiben.

Wieder zu Hause unterbreite ich meinen Mitbewohnern die frohe Botschaft. Es ist Feierabendzeit, und sie sitzen gerade alle in der Küche. John liest Zeitung und trinkt dabei den restlichen Kaffee aus seiner Thermoskanne. Mick hat Baby auf dem Schoß, während Zilly seinen Brei kocht. Das ideale Familienglück, bei dem ich nun nicht mehr stören würde!

„Also wegen mir musst du nicht ausziehen", lässt sich Mick vernehmen, „ich brauche nicht unbedingt ein eigenes Zimmer."

„Das ist nett von dir, Mick, aber es ändert nichts mehr an der Sache."

Dennoch werfe ich ihm einen dankbaren Blick zu. Hätte es jemals etwas geändert? Ja, ich wäre mir nicht so unerwünscht vorgekommen!

„Jetzt überstürze mal nichts, Emma", meint John und blättert etwas hastiger in seiner Zeitung.

„Ich würde nicht das Erstbeste nehmen."

„Aber es ist nicht das Erstbeste und ich überstürze auch nichts! Schließlich wird mein Bauch immer dicker und ich will jetzt endlich auch mal wissen, wo wir hingehören – ein Nest bauen, nachher kann ich das alles nicht mehr machen."

„Natürlich, das sollst du doch auch", stimmt John mir zu, die Zeitung hat er derweil beiseite gelegt.

„Außerdem hast du das Häuschen ja noch gar nicht gesehen, es ist wunderschön und ideal für mich und das Kind und den Hund."

„Also ich finde, dass muss Emma selbst wissen", wendet nun Zilly ein.

„Auf jeden Fall muss ich morgen den Mietvertrag unterschreiben, wenn ich mir das Häuschen nicht entgehen lassen will."

Der Brei ist mittlerweile fertig und Zilly stellt ihn auf den Tisch, um das Baby zu füttern, Mick ist schon nach oben ins Bad gegangen.

„Lass uns noch mal in Ruhe darüber reden, schließlich betrifft es ja auch mich", schlägt John vor.
„Okay, wann und wo?"
„Wir können gleich zur Pizzeria fahren und etwas essen, ich mache mich nur grade fertig."
Ich kann es gar nicht glauben. Er will mit mir reden und sogar essen gehen. Mit gemischten Erwartungen stimme ich zu.

In der Pizzeria sitzen wir uns gegenüber, der Kellner bringt die Speisekarten. Schweigend schauen wir hinein.
„Emma, wieso willst du überhaupt ausziehen?", fängt John an und wirft mir doch tatsächlich einen Blick über die Speisekarte zu.
Vorsichtig hebe ich ebenfalls meinen Blick:
„So geht das doch nicht weiter John, so stelle ich mir ein Zusammenleben nicht vor, schon gar nicht, wenn ich schwanger bin."
Der Kellner kommt, nimmt unsere Bestellung auf und verschwindet wieder.
„Wieso, was ist denn so falsch?", fragt John unschuldig.
„Erst mal habe ich Mick sein Zimmer weggenommen, und dann können wir nie was alleine machen, und du bist irgendwie so komisch geworden, du hältst immer Abstand

zu mir, wir machen nichts mehr zusammen, ich gefalle dir wohl nicht mehr?"
Gespannt schaue ich ihn an.
„Das stimmt doch gar nicht, Emma, jetzt zum Beispiel machen wir doch was zusammen!"
„Na toll, jetzt wo ich ausziehen will, da gehen wir mal zusammen Pizza essen und wollen auch mal zusammen reden!"
Der Kellner bringt die Getränke, für John einen Rotwein und für mich ein Wasser.
„John, wenn wir nicht noch mal zusammen im Bett gewesen wären, damals an dem Sonntag Abend, nachdem ich vom Geier zurückgekommen war, dann würde ich glauben, dass du deswegen so bist. Aber ich sage dir noch mal, da war nichts!"
In Ermangelung einer Zigarette habe ich die ganze Zeit mit einem Bierdeckel gespielt, jetzt nippe ich an meinem Wasser und sehe John auffordernd an.
„Jetzt hör schon mit den alten Kammellen auf.", erwidert John.
Die Pizzas werden gebracht, und John beginnt umgehend, seine in handliche Stücke zu säbeln.
„Also bin ich dir wahrscheinlich nur egal?", versuche ich es erneut frustriert.
„Du bist mir nicht egal, schließlich bekommst du ein Kind von mir! – Und deshalb will ich dir auch einen Vorschlag machen."

„Ah ja?"
Gespannt lasse ich mein Besteck wieder sinken und schaue ihn an.
„Wir suchen uns zusammen was!"
Ganz selbstverständlich und zwischen zwei Pizzastücken kommt dieser Satz über seine Lippen.
„Was?"
Habe ich richtig gehört oder bin ich jetzt schon vom Wasser umnebelt?
„Ja, wir suchen uns zusammen ein schönes Haus", fährt John mit Überzeugung fort, „das groß genug ist für uns alle, und dass wäre auch besser für das Kind, wenn wir uns gemeinsam drum kümmern würden."
Wie meint er das nur, überlege ich beim Weiteressen, war das ein Friedensangebot oder geht es ihm nur um das Kind? Besser frage ich nicht weiter nach, auf jeden Fall kommt es mir sehr entgegenkommend vor, so in die Richtung ganz normale Familie: Vater, Mutter, Kind und Hund, da würde sich das traute Heim notfalls von selbst ergeben, hoffe ich.
„Dann muss ich ja das Gartenhäuschen (so hatte ich es in Gedanken schon getauft) absagen", fällt mir auf einmal ein.
„Die haben doch noch andere Bewerber, da kann es ihnen doch egal sein", meint John.

Und dann wollten sie gerade mich, denke ich, wenn dies kein Wink des Himmels war?
Laut sage ich nur: „Okay, wenn du meinst!"
Doch irgendwie werde ich das Gefühl nicht los, dass etwas verkehrt läuft. Der plötzliche Sinneswandels von John kommt mir nicht geheuer vor und den netten alten Leuten sage ich auch nur ungern ab, zumal es völlig ungewiss ist, ob und was wir in der nächsten Zeit finden würden. Aber für das Kind wäre es so wohl am besten.
Endlich bin ich auch mit meiner Pizza fertig, und John winkt dem Kellner, um zu bezahlen.
„Wir können direkt morgen nach der Arbeit etwas rumfahren und nach leerstehenden Häusern suchen. Am Wochenende schauen wir uns die Angebote aus der Zeitung an, dann finden wir schnell was."
Ich schaue auf meinen Bauch runter und hoffe, dass er Recht hat.

Die nächsten Tage brummen wir, wenn es John seine Zeit erlaubt, mit meinem Käfer durch die Gegend auf Haussuche.
John hatte vor ein paar Wochen seine Goldwing in eine Enduro eingetauscht, ein Geländemotorrad für anspruchslose, sportliche Männer, mit der er gut seine verschiedenen Arbeitsplätze im Wald erreichen kann, wie er sagt. Meine

Argumente, dass diese Maschine allerdings nicht so gut für Beifahrer im allgemeinen und insbesondere für Schwangere und Babys geeignet sei und mein Käfer vielleicht bald den Geist aufgeben würde, hatten ihn leider nicht davon überzeugen können, in einen sparsamen Kleinwagen mit Kindersitz zu investieren, worauf ich insgeheim gehofft hatte, wenn er die Goldwing verkaufen würde.

Nun ja, so genieße ich halt die Fahrten mit John in meinem Käfer durch die frühlingshafte Landschaft. Sie ermöglichen es mir noch einmal, direkt neben John zu sitzen und mich wie ein ganz normales junges Paar auf Wohnungssuche zu fühlen. Dass in diesem Fall die werdende Mutter hinter dem Steuer sitzt, wir auch nicht verheiratet sind und seit mehreren Wochen noch nicht einmal mehr einen körperlichen Kontakt hatten, verdränge ich lieber. Muschel sitzt derweil mit gespitzten Ohren erwartungsvoll auf dem Rücksitz und harrt der Dinge, die da kommen.

Doch die Eigentümer der wenigen Häuser, die vom Preis und der Lage her überhaupt in Frage kommen, sind von uns wohl nicht so begeistert. Sie sehen ein junges Paar in wilder Ehe, etwas sonderbar gekleidet und begleitet von einem Mischlingshund, die

Frau schwanger und noch kein Dach über dem Kopf.
Ich bin jetzt im sechsten Monat und habe zwar keinerlei Beschwerden, aber die Zeit drängt. Für meine Schwangerschafts-Vorsorgeuntersuchungen fahre ich immer extra zu Dr. Murksem, einem türkischen Arzt mit der einzigen Praxis weit und breit, der in Zusammenarbeit mit einer Hebamme Hausgeburten vornimmt. Die guten Erfahrungen meiner Mitbewohner und anderer Eltern hatten mich überzeugt. Vierzehn Tage vor Geburtstermin soll die Hebamme zu mir kommen, um die notwendigen Vorbereitungen abzusprechen, bis dahin sollte alles fertig sein.

Nächsten Samstag gibt es nur ein Inserat, wo es sich lohnt, hinzufahren. Wegen dem besseren Eindruck sitze ich dieses Mal auf dem Beifahrersitz, angetan mit einem züchtigen Kleiderrock und John sieht auch ganz solide aus in sauberer Jeans mit T-Shirt. Angeboten wird eine Doppelhaushälfte, drei Zimmer, Küche und Bad mit einem kleinen Garten in einem Kaff namens Oedingen, einem Dorf ohne Kaufladen aber mit zwei Wirtschaften und einem Friedhof, wie wir unschwer herausfinden. Das Haus liegt in einer kleinen Seitenstraße am Hang, direkt gegenüber ist nur eine Wiese mit einem kleinen, alten, fensterlosen Häuschen. Die Vermieter sind ein Ehepaar aus dem Ruhrpott, die die andere Hälfte des Hauses als Wochenendsitz nutzen, aber selten da sind, wie sie sagen, ihnen gehe es darum, dass das Haus bewohnt sei.

Wir stellen uns diesmal als Verlobte vor, und John erwähnt, dass er Angestellter beim Forstamt ist. Muschel hält sich ausnahmsweise einmal bescheiden im Hintergrund, und so bitten sie uns herein. Vom Flur geht es rechts in ein kleines Wohnzimmer, dessen Fenster direkt nach vorne raus auf die Straße geht und genau auf das gegenüberliegende Häuschen schaut, welches jetzt an diesem Samstag Nachmittag still und friedvoll in der Sonne liegt. Ein großer Kachelofen im hinteren Teil des Zimmers verspricht heimelige Wärme und ist ein schöner Blickfang. Er ist ein Alles-Brenner, lässt sich also auch mit Holz beheizen, wovon er jede Menge besorgen könne, wie John bemerkt.

Vom Wohnzimmer führen zwei Stufen hinunter zur Küche, die nach hinten raus liegt und sehr klein mit nur einem Souterrainfenster ist, da das Haus ja am Hang liegt. Aber dies sei nicht so schlimm, meinen die Vermieter, da von hier eine Tür in den Garten gehe. Ein paar brüchige Steinplatten zeigen die Terrasse an, der Garten ist mit Steinen und Unkraut übersät, die Büsche wild ins Kraut geschossen. Aber mit ein wenig gutem Willen würden sich hier wohl ein paar Beete für Möhrchen und Salat anlegen lassen, denke ich mir.

Und Essen könne man ja im Wohnzimmer, wenn man einen Esstisch vors Fenster stellt, meint John. Auch der alte, ziemlich verrostete Küchenherd wäre wieder sehr gut aufzubereiten und dann ein Schmückstück. Er wolle auch einen Holzboden im Wohnzimmer und in der Küche verlegen, da dort jetzt noch ein grauer Steinboden in seiner schlichten Schönheit prangt.

Die alten Steinfliesen im Flur und in der Toilette, die direkt links vom Eingang liegt und nur mal gründlich gereinigt werden müsste, will er so lassen. Der Kellerraum ist ebenerdig hinter dem Flur gelegen und nach Johns Ansicht für die Holzlagerung sowie als Werkzeugkammer gleichermaßen gut geeignet. Vom Flur führt eine Treppe nach oben zu zwei weiteren Zimmern und einem Bad.

„Also ich nehme das hier", meint John sofort, als wir an dem ersten, etwas kleinerem Zimmer vorbeikommen und uns die bemalten Wände betrachten. Es scheint das frühere Kinderzimmer zu sein.

„Das ist kleiner und nach vorne zur Straße raus, für euch wohl eher nicht geeignet. Und ich kann hier schon mal gut Musik machen".

Wie, – hatte ich richtig gehört? Er nimmt das Zimmer hier? Das heißt ja, dass wir kein gemeinsames Schlafzimmer haben würden und auch kein Kinderzimmer.

„Und wo bleiben ich und das Kind?", frage ich etwas begriffsstutzig.

„Na ihr nehmt das hintere Zimmer", erklärt er mir, als ob es das Natürlichste der Welt wäre.

Die Vermieter waren schon weiter gegangen und preisen nun die Qualitäten des Einbauschranks im Flur an, danach das renovierte Badezimmer und den ausbaufähigen Speicher, zu dem eine Treppe vom Flur aus hinaufführt.

„Siehst du, das hier ist auch viel größer und die Fenster gehen zum Garten raus".

John ist begeistert, als wir das eigentliche Schlafzimmer betreten.

„Da hat das Kind es schön ruhig und du hast den Garten direkt vor der Nase. Und das Bad gleich neben an, das ist doch sehr praktisch mit dem Kind."

Ich finde das auch sehr praktisch, das muss ich zugeben, doch irgendwas an dem von

John geplanten Mutter-Kind-Zimmer mit Bad-Anschluss stört mich dennoch.
„Aber ich dachte, wir würden ein gemeinsames Schlafzimmer und ein Kinderzimmer haben?", werfe ich vorsichtig ein, damit die Vermieter es nicht hören, die sich derweil diskret im Hintergrund halten.
„Wie, ich denke, es ist alles klar? Natürlich bekommt jeder sein eigenes Zimmer, ich brauche es schon allein wegen der Musik und der ganzen Technik!"
„Aber ich habe doch dann auch kein eigenes Zimmer!"
„Ich kann ja schlecht mit dem Kind ein Zimmer zusammen haben, du weißt, dass ich immer proben muss, und ich nehme doch an, dass du auch stillen willst?"
Ja, das wollte ich, natürlich, Johns Argumente sind einfach nicht zu übertreffen.
„Emma, was ist denn nun? Die Vermieter warten!"
Im Geist gehe ich den Kalender bis zum Geburtstermin Ende Juni durch, es sind nicht mehr drei Monate.
„Wenn du meinst, dann nehmen wir es halt."
John geht nach unten zu den Vermietern, die inzwischen dort gewartet haben.
„Ab wann können wir rein?"
„Ab sofort, wenn Sie möchten."

So komme ich nun endlich doch noch dazu, meinem Putz- und Nestbautrieb voll nachzugehen. Direkt am nächsten Montag fange ich in der oberen Etage schon mal an. John meint, dass die eintönig weiß gestrichenen Wände noch gut seien und nicht gestrichen werden müssten, obwohl sie in seinem Zimmer etliche Kinderkritzeleien aufweisen. Die würden ihn künstlerisch inspirieren und dürften keinesfalls übertüncht werden.

Also putze ich in den nächsten Tagen mit Hingabe das zukünftige Mutter-Kind-Zimmer, das angrenzende Bad, den Flur inklusive Wandschrank und John's Zimmer. Wenigstens schön sauber soll es sein. So arbeite ich mich über die Treppe nach unten vor, zwischendurch fahre ich noch einkaufen, wir brauchen alles Mögliche.

John und Mick legen nach Feierabend den Holzfußboden und bringen mit dem Bus schon mal ein paar Sachen aus Miesbach mit, die ich vorher eingepackt habe. An einem Abend streicht John dann doch noch die Küche weiß und am Wochenende soll schon der Umzug sein. Ich finde das zwar ein wenig hektisch und hätte lieber in Ruhe alles erst einmal so nach und nach fertig gemacht, aber John ist jetzt nicht mehr zu halten.

Vor lauter Beschäftigung fällt eigentlich gar nicht auf, dass wir nicht wirklich mit einander zu tun haben und uns auch noch nicht näher gekommen sind. Und wenn Zweifel hochkommen, beschwichtige ich sie in dem Glauben, dass alles besser wird, wenn wir erst mal zusammen im trautem Heim sind.
Freitagabend kommen John und Mick nach der Arbeit mit dem voll gepackten Bus an. Schnell ist alles ausgeladen und auf die Zimmer verteilt oder im Flur abgestellt, und schon ist Mick wieder verschwunden und wir in unserem neuen Heim, und es hat noch nicht einmal einen kleinen Einstand gegeben.

Irgendwie hatte ich mir unseren Einzug anders vorgestellt, mit ein bisschen mehr Begeisterung und vor allem mit etwas mehr Verbundenheit zu meinem künftigen Lebenspartner. Wurden sonst nicht sogar die Frauen über die Schwelle getragen? Aber schließlich haben wir ja nicht geheiratet, sondern sind nur gemeinsam in ein Haus gezogen und bekommen ein Kind zusammen – wenn man bei uns überhaupt von einer Gemeinsamkeit reden kann.
Während ich gedankenverloren die Sachen auspacke und einräume, ist John derweil fleißig damit beschäftigt, Möbel zu rücken,

Regale zu schrauben und Betten aufzustellen, bis dass es spät ist und ich hundemüde.

„Also ich geh jetzt schlafen, lass uns doch morgen weitermachen", versuche ich eine Brücke zu schlagen.

„Ich bin hier gleich fertig, geh du schon mal", erwidert John, während er konzentriert an dem Küchentisch schraubt, den er noch schnell in den letzten Tagen gebaut hatte.

Tatsächlich, er hat nicht vor, die erste Nacht in unserem neuen Heim zusammen mit mir zu verbringen. Enttäuscht schleiche ich in mein Zimmer, lege mich in mein zu großes Bett und kann nicht einschlafen. Das große Holzbett hatten wir in Miesbach gelassen, das wollte Mick jetzt nutzen, und ich hatte dafür ein altes Ehebett geerbt, immerhin noch 1,40 Meter breit. Vielleicht würde er ja doch noch kommen, so herzlos kann er doch nicht sein.

Irgendwann höre ich John nebenan zu Bett gehen, einfach so, als wenn es mich und das Kind in meinem Bauch gar nicht gäbe. Wir sind nur durch eine Zimmerwand getrennt, trotzdem scheint er mir unerreichbar. Während ich mit beiden Händen meinen Bauch umfangen halte und nach dem Leben in mir forsche, rinnen mir die Tränen über die Wangen. Ob ich da nicht einen Fehler gemacht hatte?

Trautes Heim …

Am nächsten Morgen sitzt John schon beim Frühstück, als ich herunterkomme. Ich lasse Muschel in den Garten und nehme ihm gegenüber mit einem „Guten Morgen" an unserem neuen Esstisch Platz.
„Morgen", John schaut dabei von seiner Musikzeitschrift nicht hoch, in die er vertieft ist.
Ich schenke mir Kaffee ein und sehe zum Fenster hinaus. In dem gegenüberliegenden Häuschen ist eine rege Betriebsamkeit ausgebrochen, seine Tür steht weit offen und ein paar Männer in Gummistiefeln hantieren herum. Wahrscheinlich die Bauern von hier, überlege ich und schmiere mir ein Brot. John liest immer noch in der Zeitschrift und steckt sich ab und zu einen Happen Brot in den Mund oder trinkt einen Schluck Kaffee, ohne dabei aufzusehen noch ein Wort zu sagen. Warum ist er nur so kalt und abweisend, frage ich mich zum wohl hundersten Mal und gucke wieder nach draußen, wo nun ein Auto mit einem Hänger vorgefahren ist.
Wenn so jetzt die gemeinsamen Mahlzeiten ablaufen, dann kann ich aber darauf verzichten, grummelt es in mir.

Ich will gerade in mein Brot beißen, als ein lautes Quieken die Stille durchdringt. Die Männer draußen versuchen, ein Schwein von dem Hänger zu ziehen. Es sträubt sich nach Leibeskräften und schreit dabei ganz erbärmlich, als wenn es wüsste, was mit ihm geschehen soll. Doch es nützt ihm nichts. Die Männer zerren das Schwein durch den Eingang des Häuschens, die Tür schließt sich hinter ihnen, das Quieken steigert sich zu einem lauten Aufschrei, ... dann ist es still.
Die ganze Sache hat eigentlich nicht lange gedauert, wie erstarrt sitze ich vor dem Fenster, die Szene erst langsam begreifend. Ich schaue zu John rüber, der immer noch in seiner Zeitschrift blättert.
„Hast du das gewusst?"
„Was?"
„Dass das ein Schlachthaus ist!"
„Nein, wieso? Es steht doch nicht außen angeschrieben, oder?"
„Ja und, macht dir das nichts?"
„Mensch Emma, was willst du denn jetzt machen, wieder ausziehen?"
Ich sage nichts.
„Du isst doch auch gerne Fleisch und Wurst, irgendwo muss das Zeug doch herkommen!"
Damit ist für ihn der Fall erledigt und er steht auf, um den Tisch abzuräumen.
„Willst du noch was essen?", fragt er mich.

„Nein danke, mir ist der Appetit vergangen", entgegne ich und verschwinde in der Toilette unten im Flur. Dabei stelle ich wieder einmal fest, dass diese unter hartnäckiger Verstopfung leidet sowie insgesamt einer dringenden Grundreinigung bedarf.

Also schnappe ich mir wieder meine Putzsachen und beginne mit der Decke, die einige Spinnweben mitsamt ihren Bewohnern beheimatet. Zwischendurch mache ich eine Pause, trinke einen Schluck Kaffee und schaue wieder zum Schlachthäuschen hinüber. Dort werden gerade von einem Mann mit rotgefleckter Schürze eine Lage frischer Würste auf einer Stange an der Front des Schlachthäuschens aufgereiht: große dunkle Blutwurst, dicke bräunliche Leberwurst und kleinere rosa Würstchen. Durch die offenstehende Tür sieht man im Innern eine Blutlache, die den gekachelten Boden bedeckt.
Mir wird schon wieder schlecht, besser gehe ich zurück in die Toilette, da sehe ich das Drama nicht mehr. John ist derweil in unserem Kellerraum beschäftigt, sein Werkzeug unterzubringen und Platz für das dort noch einzulagernde Brennholz zu schaffen.

So, die Toilette ist sauber, von oben bis unten, nur der Abfluss macht mir noch Sorgen. John gibt mir den Tipp, es doch mal mit einer Saugglocke zu versuchen, er müsse jetzt nach Miesbach Holz holen fahren. Ich tue wie mir geheißen mit dem Erfolg, dass nun auch noch ein bisschen Kacke wieder hochkommt und das Wasser gar nicht mehr abläuft.
Was soll ich nun machen? Man müsste den Abfluss durchstoßen, denke ich mir und suche nach einem geeigneten Objekt. Außer meinem Schrubber finde ich nichts Besseres, und der scheitert an seiner Starrheit. Die Kloschüssel müsste ab, dann hätte ich freie Bahn. John ist noch nicht zurück, also hole ich mir einen Schraubenzieher und mache mich ans Werk, selbst ist die Frau. Mit viel Mühe gelingt es mir, die rostigen Schrauben zu lösen und die Kloschüssel abzuheben.

John ist inzwischen wiedergekommen, ich höre ihn das Holz abladen. Das Abflussrohr liegt jetzt offen vor mir, das Wasser steht bis kurz vor dem Rand. Vorsichtig stochere ich mit dem Ende meines Schrubbers im Abfluss, nichts geschieht. Ich probiere es noch einmal mit einem kräftigeren Stoß, da gurgelt und schmatzt es, und eine braune Welle schwappt über den Rand und ergießt sich auf den Boden.

„Jooohhn!"

Fassungslos starre ich auf das dunkle Maul, aus dem sich weiterhin eine trübe Brühe ins Freie kämpft, mittlerweile meine Sandalen umspült und sich in Richtung Ausgang auf den Weg macht. Einzelne Kotbröckchen mit Fetzen von Klopapier schwimmen darin, selbst ein aufgeweichter Tampon dümpelt vor sich hin.

„Hilfe!", rufe ich verzweifelt.

Wie ist dieser Ausbruch nur zu stoppen? Die Haustür geht auf.

„Oh Gott, was ist das denn hier?"

Ich muss wohl einen erbarmungswürdigen Eindruck gemacht haben, denn John packt mich ohne ein weiteres Wort am Arm und zieht mich aus der Toilette.

„Komm mal da raus. Du gehst dich jetzt waschen und legst dich dann hin, ich mache das hier schon!"

Gerne folge ich seinem Aufruf und bringe mich außerhalb der braunen Fluten in Sicherheit, die jetzt Gott sei Dank kurz vor den im Flur abgestellten Möbeln Halt machen.

„Da muss der Kanal verstopft sein, so eine Scheiße", knurrt John und zieht sich Gummistiefel an.

„Ich geh' beim Nachbarn telefonieren."
Um Geld zu sparen, hatten wir kein Telefon angemeldet.

Zutiefst dankbar entledige ich mich der durchweichten Socken und schleppe mich nach oben ins Bad, um mir die Füße zu waschen. Was hatte ich da nur angerichtet? Von meinem Fenster aus sehe ich, wie John mit den Männern am Schlachthaus spricht, sie sind mittlerweile mit dem Saubermachen fertig, und nur ein wenig nasser Asphalt zeugt noch von der vorhergegangenen Bluttat. Dann geht Einer von ihnen hinüber zum Nachbarhaus, wahrscheinlich zum telefonieren. Erschöpft lege ich mich auf mein Bett und versuche, mein schlechtes Gewissen zu beruhigen.
Es dauert einige Zeit, bis dass der Notdienst der Kanalreinigung bei uns eintrifft und in unserer Nachbarschaft für Aufsehen sorgt. Ich halte es oben nicht mehr aus, ziehe mir ein paar alte Schuhe an und wate mit zwei großen Schritten durch den Flur nach draußen. Unter den neugierigen Blicken der Umstehenden und dem lauten Dröhnen der Maschine wird nun unser Kanalanschluss leergepumpt.
Man dürfe auch nicht die Binden und Tampons in die Toilette werfen, ruft der

Meister vom Reinigungsdienst zu mir herüber, als die Pumpe einen Moment aussetzt. Mein schwacher Widerspruch, dass wir erst gestern eingezogen wären, geht in dem erneuten Getöse leider unter.

Mein Gott, was für ein erster Tag im neuen Heim. Wenn das kein schlechtes Omen ist! Aber wenigstens hat sich John von seiner netten Seite gezeigt: Ohne einen einzigen Vorwurf hat er die ganze Schweinerei alleine wieder weggewischt und anschließend noch das Klo montiert, so dass ich uns in Ruhe etwas zu essen machen konnte. Was wir dann allerdings wieder im gewohnten Schweigen zu uns nehmen, von ein paar sachdienlichen Äußerungen mal abgesehen. Und am Abend im Bett warte ich wieder vergeblich auf ihn.

In der letzten Zeit nimmt John wieder öfters an den sonntäglichen Proben seiner Musiker-Freunde teil. Sie finden in einem alten Bahnhof statt, anfangs bin ich einmal mitgefahren. Eine coole Szene im wahrsten Sinne des Wortes, da die Musiker bei meinem Auftauchen nur einen kurzen Blick riskierten und John die ganze Zeit so tat, als wenn ich Luft wäre. So war ich mir ziemlich überflüssig vorgekommen und nicht mehr mitgefahren. Auch diesen Sonntag fährt John gegen Mittag zur Probe, ich gehe dafür mit Muschel spazieren und richte dann mein Zimmer weiter ein.

Von Mick und Zilly haben wir die Wiege vom Baby geliehen bekommen, das mittlerweile heraus gewachsen ist, und ich stelle sie vor dem Fenster zum Garten auf. Mit den frisch gewaschenen und gebügelten Bezügen sieht sie einfach wunderbar aus. Von der Decke baumelt ein selbst gebasteltes Mobile und an der Wand über der Wickelkommode, die ich von einem Freund, der in Flohmarkt macht, geschenkt bekommen hatte, habe ich eine Spieluhr aus einem Plüsch-Fliegenpilz auf gehangen.

Als John dann endlich von der Probe heim kommt, ist es spät und ich habe schon mit dem Essen angefangen. Ich möchte die Gelegenheit nutzen und beginne:

„Du John, wie soll denn das Kind eigentlich heißen?"

„Ja weiß nicht. Kommt drauf an, ob es ein Junge oder Mädchen ist."

Ach was, das hätte ich jetzt nicht gedacht.

„Was hältst du von Grete?", versuche ich es weiter.

„Hm, von mir aus, sonst können wir ja auch noch mal schauen."

So viel Begeisterung ist ja fast nicht auszuhalten.

„Okay, ich bin müde und geh' ins Bett, gute Nacht!"
Ungerührt bleibt John sitzen, und ich gehe wieder einmal alleine nach oben.
Ob es ein Mädchen wird, grübele ich im Bett vor mich hin, fände ich toll, aber wäre Grete dann auch der richtige Name oder doch etwas zu altmodisch?

Montagmorgen nehme ich mir als erstes den alten Küchenherd vor, der bisher noch untätig seinem verrosteten und verrußten Dasein frönt. Bisher kochen wir behelfsmäßig auf einer elektrischen Herdplatte, in Anbetracht der Umstände ist dies meist irgendein Doseneintopf oder so.
Rudi, ein Freund von John, kommt mit seinem großen Bus vorbei und holt das eiserne Monstrum ab zu sich in die Scheune, damit ich es dort zu neuem Leben erwecken kann. Zuerst verschwinde ich in einer Rußwolke, als ich sein Inneres auskehre. Dann kommt der unangenehme Teil des Rostabschleifens. Bisher hatte ich nur einmal kurz an Mick seinem Bus mit einer Flex ein paar Roststellen abgeschliffen, aber guten Mutes nehme ich das Ding in die Hand. Unter dem höllischen Gekreisch der Schleifmaschine gehe ich nun den vielen Windungen des altertümlichen Herdes nach,

bis dass unter der braunen Rostschicht das blinkende Eisen hervortritt.

Eine saumäßige Arbeit und keine besonders angebrachte für Schwangere, denke ich bei mir, aber schließlich will ich nicht auf der faulen Haut liegen, während John die Brötchen für uns verdient. Mein Einkommen beschränkt sich auf das bisschen Arbeitslosengeld nach der Lehre, welches nach dem Mutterschutz auch noch wegfallen würde. Da ich mit John in einem eheähnlichen Verhältnis lebe (ach ja?), würde ich dann komplett auf ihn angewiesen sein.

Nach der Flex kommt das Schmirgel-Papier dran für die Feinheiten und zum Schluss das Poliertuch mit Paste. Fast die ganze Woche schufte ich an dem Herd, aber dann prangt ein wahres Schmuckstück in unserer Küche. Voller Stolz präsentiere ich ihn am Freitagnachmittag, als John von der Arbeit kommt.

„Ja schön", meint er, „dann mach' ich ihn jetzt mal an."

Er verschwindet in den Keller, um Holz zu holen. Ich bereue es, eine wirkliche Anerkennung erwartet zu haben.

Beim Essen sitzen wir uns dann wieder einmal schweigend gegenüber, Muschel liegt am warmen Ofen und hält ein Verdauungsschläfchen. Ich halte die Spannung nicht mehr aus.

„Lass uns doch heute Abend mal in den Tutt fahren", schlage ich vor.

„Was willst du denn da ...?"

„Einfach mal ein bisschen was raus, wir haben die ganze Woche hart gearbeitet."

„Ja, und deshalb bin ich jetzt auch hundemüde, aber du kannst ja alleine fahren."

Alleine fahren – was mache ich eigentlich nicht allein? Ich stehe auf und räume die Teller ab.

„Also gut, dann noch einen schönen Abend!"

„Ja, dass wünsche ich dir auch", ist seine Reaktion mit unbeteiligter Miene.

Muschel steht schon erwartungsvoll an der Tür.

„Du willst mit? Na gut, dann brauche ich wenigstens nicht alleine zu fahren, aber du musst im Auto warten."

Zustimmendes Wedeln. So brause ich mit Muschel auf dem Rücksitz durch die Nacht, um der gespannten Atmosphäre zu Hause einmal zu entfliehen.

Im Tutt treffe ich einige Bekannte wie meinen alten Freund Paul wieder.

„Na Baby, wie geht's denn so?"

Mit diesen Worten kommt er zu mir an die Theke und bestellt sich ein Bier.
„Hallo Paul, schön dass man dich auch mal wieder sieht."
Ich falle ihm um den Hals und drücke ihn an mich, froh, mal wieder jemanden in den Armen zu halten.
„Es geht so, und dir?"
„Gut, ich bin zwar etwas angeschlagen, aber sonst ..."
Er nimmt sein Bier, wozu er sich ganz zur Theke herunterbeugen muss, um das Glas zwischen seinen kurzen Armstümpfen zu platzieren und es dann vorsichtig in Trinkhöhe zu balancieren. Paul ist so schon zur Welt gekommen, hat sich aber ein eigenständiges Leben erarbeitet und seine Behinderung durch Kreativität ausgleichen können. So lebt er in einer WG nicht weit von Miesbach, spielt in einer Band Posaune und macht die besten Fotos weit und breit.
„Auf dein Wohl", er nimmt einen tüchtigen Schluck.
„Wieso, bist du wieder versackt?"
Ich nippe genießerisch an meinem Bier. Bei meinem Budget ist nur ein Getränk drin und ich habe mich für ein Bier entschieden, wenn ich denn schon einmal weggehe.

„Ich komm' grade vom Himmelbacher Weiher. Da haben wir gestern ein wenig gefeiert."
„Gestern, und dann kommst du heute Abend erst wieder?"
„Na ja, es wurde etwas später, das heißt, es wurde früh, bis dass ich in meinen Schlafsack kam, und heute Mittag war ich dann erst noch mal schwimmen und dann kamen noch ein paar Leute und dann mussten wir doch schon wieder feiern."
Paul lächelt deliziös und führt noch einmal sein Bier zum Mund.
„Dann hast du da geschlafen? Geht das denn?"
„Warum nicht? Ich rolle meinen Schlafsack aus und gucke in die Sterne – wunderschön!"
„Und wem gehört der Weiher?"
„Hannes und seiner Mutter, jedenfalls die eine Seite, wo auch ihr Haus steht. Die andere gehört der Gemeinde und ist an den Angelverein verpachtet."
„Und da kann jeder so hin?"
„Was heißt hier jeder, alle Freunde von Hannes."
„Dürfen diese Freunde auch noch ihre Freunde mitbringen?"
„Na klar", grinst Paul, „ich hole dich das nächste Mal ab, und dann kommst du mit. Das gefällt dir da bestimmt, viel Grün,

sauberes Wasser und der Hannes ist total nett. Selbst die Hunde dürfen dort laufen, man darf nur keinen Müll liegen lassen und die Angler nicht stören."

Ich bin jetzt Ende des siebten Monats und noch nicht ein Mal hat John meinen Bauch gestreichelt. Die Vorsorgeuntersuchungen bei Dr. Murksem zeigen einen normalen Verlauf, beim Ultraschall wurde ein großes Kind befunden. Körperlich ist alles bestens, und meine seelische Verkümmerung ist weder sicht- noch messbar.

Eines Tages finde ich eine dicke Kröte vor unserer Haustür sitzend, als ich gerade hinausgehen will. Sie glotzt mich mit ihren großen Augen an, als wenn sie auf mich gewartet hätte, um mir etwas Wichtiges mitzuteilen. Erschrocken mache ich auf dem Absatz kehrt und die Tür wieder zu. War es nicht so, dass Kröten, die vor Haustüren sitzen, kommendes Unheil für deren Bewohner prophezeien? Einige Zeit später öffne ich vorsichtig wieder die Haustür, die Kröte ist weg. Ach Quatsch, ist doch nur ein Aberglaube, denke ich mir.

Es wird dringend Zeit, den Garten in Ordnung zu bringen, wenn wir ihn dieses Jahr noch nutzen wollen. Am Samstag schneidet John die Sträucher, ich rupfe Unkraut, das die armseligen Platten auf unserer Terrasse zu sprengen droht und Muschel bellt jeden an, der an unserem Garten vorbeikommt.

Sonntags wirkt Oedingen wie ausgestorben, nur vormittags sieht man ein paar Kirchgänger im Sonntagsstaat, während schon der Bratenduft durch die Lüfte schwebt. Die Nachbarn üben sich in Zurückhaltung, ein knappes Grüßen auf der Straße, mehr ist nicht drin. Alle machen einen ziemlich spießigen Eindruck und verschwinden möglichst schnell wieder in ihre schmucklosen Häuser mit den Gardinenfronten und den akkurat gepflegten Vorgärten. Aber wir selber bekommen auch selten Besuch, irgendwie scheint die gespannte Atmosphäre in unserem Haus abzuschrecken.

Lediglich die in unregelmäßigen Abständen stattfindenden Schlachttage beleben paradoxerweise die Szene. Leider sind sie nicht vorauszusehen und werden auch nicht angekündigt, so dass ich meist nicht rechtzeitig entfliehen kann. Wenn ich Pech habe, begegne ich auf der Straße dem Hänger, auf dem das jeweilige Opfer herangekarrt wird. Ich sehe noch die großen braunen Augen eines Kalbs vor mir, wie es vertrauensvoll und neugierig zu mir herunterschaut, als der Hänger vor unserem Haus zum stehen kommt. So wird man zum Vegetarier!

Ein Gemüsebeet muss erst noch angelegt werden. Der einzig geeignete Platz hierfür ist am Anfang des Gartens zur Straße hin, dort wo die Sonne nicht von Büschen und Bäumen verdeckt wird und keine Wurzeln im Weg sind. Viel Steine gibt's und wenig Erde, dafür aber umso mehr Unkraut. Alles ist zu einer beinharten und dennoch zähen Masse miteinander verwoben und von der Sonne getrocknet. Ich schufte schwer, wobei mir mein dicker Bauch beim Bücken ständig im Weg ist.
Wie machen das nur die Frauen bei den Naturvölkern, die noch bis zum letzten Tag vor der Niederkunft auf dem Feld arbeiten? Die Sonne prallt auf mein Haupt nieder, ausgerechnet die letzten Tage ist es schon ziemlich heiß geworden. Ab und zu kommt mal jemand am Garten vorbei und wirft einen diskreten Blick auf die seltsam anmutende Gestalt, die im Schweiße ihres Angesichtes den Spaten schwingt und dabei einen Fußball unter ihrem Kittel versteckt.
Gegen Abend ist das Beet dann endlich soweit fertig, dass ich am nächsten Tag säen

kann. John begutachtet mein Werk und meint, dass ein Hügelbeet eigentlich, ökologisch gesehen, besser gewesen wäre, aber so ginge es auch. Ich war schon froh gewesen, nach dem Ausbuddeln der ganzen Steine und Wurzeln nicht nur noch ein einziges großes Loch vorzufinden, wie bitte schön sollte ich ohne Erdaufschüttung ein Hügelbeet erstellen?

Aber ich lasse mich nicht beirren und säe am nächsten Tag hoffnungsfroh Möhrchen und Petersilie, Zwiebeln, Rote Beete, Lauch und Salat, sogar etwas Weiß- und Rotkohl. Nach einem kräftigen Guss, wofür ich das Wasser mit der Gießkanne aus der Küche holen muss, sieht das Beet sogar ganz passabel aus und jetzt muss ich nur noch Muschel davon abhalten, auch an der Stelle zu graben.
Gespannt beobachte ich die nächsten Tage das Geschehen auf dem Gemüsebeet, gieße jeden Tag, wenn es nicht regnet, und kann schon bald die ersten Triebe entdecken. In diesem Stadium ist es natürlich schwer zu sagen, was sich davon als Unkraut entpuppen würde, doch dann erkenne ich irgendwann ein paar erste zarte Salatspitzen und dünne Lauchtriebe. Selbstverständlich hatte ich weder Unkraut-, noch Schädlingsbekämpfungsmittel eingesetzt

und vertraue vollkommen auf die Geheimnisse des ökologischen Anbaus, die mir aber leider nicht so geläufig sind.
So entlarvt sich das meiste junge Grün schnell als unerwünscht bzw. nicht bestellt und beim Entfernen desselben magert mein Beet sichtlich ab. Der verbleibende Rest wird dann systematisch von der Gemeinen Nacktschnecke dezimiert, so dass bald nur noch einige wenige hartgesottene Kohlstrünke übrig bleiben, die später auch noch der Raupe des Kohlweißlings zum Opfer fallen. So viel also zu meiner ersten Erfahrung in Sachen biologischem Gemüseanbau.

Vor unserem Haus lagern mittlerweile einige Meter Holz, alles was John so nach und nach angeschleppt hatte. Es wartet darauf, kleingehackt zu werden, um sich dann in unserem Keller zu stapeln. Wenn John von der Arbeit kommt, hackt er öfters erst eine Runde Holz, bevor er sich unter die Dusche begibt.
Ich versuche es auch einmal, schließlich hatte ich in Miesbach schon jede Menge Holz gehackt. Aber das Holz ist noch frisch und deshalb feucht und zäh. Die Axt wiegt schwer in der Hand und ich muss ein paar Mal ausholen, um ein Stück zu spalten. Nach

kurzer Zeit gebe ich auf, schließlich bin ich ja schwanger und Schwangere dürfen sich schonen.

Da macht es viel mehr Freude, die ganzen Babysachen zu waschen, die ich geschenkt bekommen habe. Liebevoll hänge ich die winzigen Teile auf die Leine im Garten und spreche dabei zu dem Kind in meinem Bauch. Sorgsam falte ich sie wieder zusammen und räume sie in die Kommode. Windeln, Öl, Puder, Badewanne, alles steht parat und wartet auf das Kind.

Begegnungen

Wenn die Hausarbeit erledigt ist, nutzte ich die freie Zeit für Spaziergänge mit Muschel in Oedingen oder wir fahren an den Himmelbacher Weiher. Paul hatte mich dort eingeführt und jetzt fühle ich mich schon wie zu Hause. Es wird ein sehr heißer Sommer, jeden Tag knallt die Sonne vom Himmel und macht das kühle Wasser des Weihers zum beliebten Treff der Insider-Szene.
Der Weiher ist wunderschön gelegen inmitten von Wiesen und Feldern, auf denen schon das Korn steht. Auf der Seite, die zum Angelverein gehört, reicht ein Wäldchen bis hin zum Wasser. Gegenüber ist unsere Liegewiese, von ein paar Bäumen beschattet, sie gehören zum Grundstück von Hannes und seiner Mutter. Ihr Haus steht oberhalb auf einem Hügel, wo das Ufer hin steil abfällt, sehr zur Freude einiger Badegäste, die den lehmigen Abhang gerne als Wasserrutsche benutzen.

Hannes hatte mit einigen Freunden ein Floß aus riesigen Plastiktanks gebaut, worauf mindestens zehn Leute Platz haben, inklusive dem einen oder anderen Hund oder auch schon einmal einem Kasten Bier.

Irgendwer schippert immer mit dem Floß über den Weiher, vom Johlen, Kreischen und Plantschen der ständig wechselnden Fahrgäste begleitet. Die Angler staunen nicht schlecht über die Nackten, die sich Männlein wie Weiblein auf dem Floß tummeln, und man kann sich denken, was sie von diesem „Gesocks" halten.

Uns macht es nichts, sollen sie doch in ihren spießigen Klamotten eingehen bei der Hitze, wir genießen die Freiheit von FKK. Mein dicker Bauch fällt eigentlich gar nicht so auf, habe ich das Gefühl, ausgenommen bei den Anglern natürlich, für die bin ich wahrscheinlich die Krönung der Unverschämtheit. Dabei zeigen wir uns doch nur so, wie Gott uns geschaffen hat, und auch die Angler waren schließlich einst in den dicken Bäuchen ihrer Mütter gewesen.

Wenn mir allerdings die Manöver zu wild werden oder mehr Hunde als Leute das Floß bevölkern, was auch schon mal passieren kann, schwimme ich zur Wiese zurück und lasse mich von der Sonne trocknen.

Mit der Zeit nehmen allerdings die Beschwerden der Anglerfreunde zu, denen wir wohl sämtliche Fische und ihre Ruhe vergraulen, und später, gegen Ende des Sommers, sollen sie ein Badeverbot erreichen. Hannes und seine Mutter werden

wohl nicht traurig darüber sein, denn der Weiher ist bis dahin zu einem Mekka der Badefreunde gediehen, die überall ihre Autos und Motorräder parken, alles nieder trampeln und ihren Müll liegen lassen.
Aber noch herrscht die Idylle, noch sind es nur einige Wenige, die auf der Wiese lustige Picknicks veranstalten und abends ihre Gitarren am wärmenden Lagerfeuer erklingen lassen. Man trifft alte Freunde und lernt neue kennen, und hier sehe ich auch Geier wieder.

Ich liege gerade auf meiner Decke und döse in der Sonne, als Muschel mal wieder einen Neuankömmling meldet.
„Hallo Emma!"
Grinsend steht er vor mir mit blau-pink-gelben Haaren, in geblümten Leggins und weißem T-Shirt, auf dem groß *„The Strangers"* zu lesen ist.
„Mensch Geier, was machst du denn hier?"
Etwas unsicher schaue ich an mir herab und bedauere es plötzlich, nichts anzuhaben.
„Das gleiche wie du, schwimmen gehen."
Er entledigt sich seiner Klamotten und meint beiläufig, dass ich ja immer noch eine super gute Figur hätte. Verstohlen betrachte ich seinen braunen, wohlproportionierten

Körper, als er mit einem Hechtsprung im Wasser verschwindet.
Dann macht er es sich auf einem Handtuch neben mir bequem und erzählt mir von seinen letzten Unternehmungen, die alle mit Musik zu tun hatten und wovon ich nur die Hälfte verstehe. Ich versuche, ihn nicht zu sehr zu mustern und wage nur einen kurzen Blick auf sein „bestes Stück". Schließlich ist es beim FKK ja völlig unüblich, auf gewisse Körperteile zu schauen. Er macht jedenfalls einen sympathischen Eindruck, wie er da unaufdringlich und doch groß und stark zwischen den Schenkeln seines Besitzers liegt.
„Und bei dir, wie läuft es da?", reißt Geier mich aus meinen Gedanken, „Du siehst nicht besonders glücklich aus."
„Bin ich auch nicht – ehrlich gesagt geht es mir sogar total beschissen!"
„Aber warum denn? Du hast doch jetzt das, was du wolltest. Du bist mit John zusammen, ihr wohnt sogar zusammen wie ich gehört habe, und ihr bekommt ein Kind zusammen, ist doch toll!"
„John hat sich seit meinem Ausflug mit dir damals total zurückgezogen, er fasst mich nicht mehr an, macht nichts mehr mit mir zusammen und was das Schlimmste ist: Er

redet nicht mehr mit mir, also so gut wie nicht, nur das Nötigste halt."
„Ist er vielleicht eifersüchtig?"
„Ich vermute, er denkt, dass ich damals mit dir was hatte, obwohl er das nicht zugibt. Aber wieso sonst hat er danach zu mir gesagt, dass er mich nicht mehr anpacken würde, und dass ich jetzt tun könne, was ich wolle?"
„Und, hast du mit ihm darüber geredet?"
„Natürlich, ich habe ihm ein paar Mal gesagt, dass da nichts war und dass ich ihn liebe, aber er wollte davon nichts mehr wissen. Ich hätte damals alleine ausziehen sollen, als ich ein Häuschen gefunden hatte, doch dann wollte John auf einmal doch mit mir und dem Kind zusammen wohnen und da habe ich das Häuschen wieder abgesagt. Jetzt wohnen wir zusammen in Oedingen, gegenüber einem Schlachthaus, und es ist absolut furchtbar. Ich kann tun und lassen was ich will, er lässt mich nicht an sich ran, alles mache ich falsch oder nicht gut genug."
Tränen kämpfen sich einen Weg nach oben und ich suche nach einem Taschentuch.
„Aber du wolltest eurem Kind eine Chance geben, in einer Familie groß zu werden, und – du liebst ihn doch noch, oder?"
„Ja schon, aber das macht das Ganze ja um so unerträglicher, ich werde noch verrückt vor

Sehnsucht und Einsamkeit. Und eine Familie ist das so auch nicht, wie soll sich denn da ein Baby wohl fühlen können!"
Geier hat sich mittlerweile wieder angezogen und sucht seine Sachen zusammen.
„Ich muss jetzt wieder los, Emma, meine Leute warten. Ich kann ja mal bei euch vorbeikommen und mit ihm reden."
„Meinst du, dass das gut wäre?"
Ich bin nicht so überzeugt.
„Man kann es ja mal versuchen, ich mache uns einen meiner Spezial-Cocktails, das lockert ihn vielleicht auf, und ich rede dann von Mann zu Mann mit ihm."
„Wie, was denn für einen Spezial-Cocktail?"
„Keine Sorge, nur ein bisschen Sekt und so weiter, du brauchst dich um nichts zu kümmern, ich bringe alles mit. Was hältst du von nächstem Samstag, so am Nachmittag?"
„Na ja, wenn du meinst."
„Also dann, bis am Samstag."

Ich bin mir nicht sicher, ob Geier wirklich erscheinen wird, aber vorsichtshalber informiere ich John schon mal darüber und frage ihn, ob er da etwas gegen hätte.
„Nee, wieso sollte ich was dagegen haben?" ist seine coole Erwiderung, und als Geier dann tatsächlich auch am folgenden Samstag

spätnachmittags bei uns auftaucht, ist er gerade emsig im Garten beschäftigt.

Es ist wieder ein heißer Tag und ich habe wieder mein Lieblingskleid an, ein Rock aus glänzender Kunstseide, türkis mit rosapinkfarbenen Federn bedruckt, den ich in einem Griechenlandurlaub vor zwei Jahren von einer griechischen Zeltnachbarin geschenkt bekommen hatte, weil ich ihn so schön fand. Jetzt während meiner Schwangerschaft trage ich ihn aus Ermangelung an Alternativen gerne als Kleid, da er oben am Bund einen bequemen Gummizug besitzt und sich somit bis über die Brust ziehen lässt. So hat der Bauch viel Platz, ich brauche kein Oberteil und es ist schön luftig.

Geier kommt in türkisblauer Lederjacke (bei der Hitze), ist gut drauf und hat kalten Sekt, Eier und ein Stückchen „schwarzen Afghanen" im Gepäck. John begrüßt ihn freundschaftlich und Geier will dann auch sofort mit der Zubereitung seines Spezial-Drinks beginnen. Er hätte alles mitgebracht, nur keinen Zucker, den hätten wir ja wohl da.

„Tja, äh, also wir benutzen eigentlich ziemlich selten Zucker, wenn dann eher Honig", muss ich vermelden.

„Tut mir leid, aber ich glaube, wir haben keinen Zucker."

„Ja, ohne Zucker geht das nicht. Dann leiht ihr euch halt welchen beim Nachbarn aus", schlägt Geier vor, worauf John prompt erklärt:
„Also ich brauche so einen Drink nicht."
Geier schaut auf mich.
„Also ich möchte nicht so gerne zu Müllers gehen und nach Zucker fragen, wir haben überhaupt nichts miteinander zu tun."
Ein Haushalt, in dem es keinen Zucker gibt! Ich als verantwortliche Hausfrau kann mich nur schämen und möchte mein Versagen nicht noch an die Öffentlichkeit tragen. Außerdem ist Herr Müller nicht nur unser Nachbar, sondern auch als Schlachter im besagten Schlachthäuschen tätig und seine Frau hält den Vorgarten mustergültig in Ordnung.
„Na gut, dann gehe **ich** eben!"
Geier schnappt sich eine Tasse und verschwindet nach gegenüber. Ich beobachte ihn durchs Fenster, wie er als leuchtend bunte Gestalt die sonnenbeschienene, ausgestorbene Dorfstraße überquert und an der soliden Haustür unserer Nachbarn klingelt.
Ob dies nun gerade wieder so einen guten Eindruck macht, frage ich mich, tröste mich aber mit dem Gedanken, dass an unserem Ruf wohl eh nichts mehr zu schädigen ist.

Kurze Zeit später kommt Geier mit einer Tasse Zucker wieder und meint, dass das ganz easy gewesen wäre und ob wir denn wenigstens eine Plastikschüssel hätten. Natürlich haben wir eine Schüssel, darin schlägt Geier drei Eier auf, verrührt sie mit dem Zucker und füllt das ganze mit einer halben Flasche Sekt auf. Dann macht er das Stückchen Haschisch heiß, zerbröselt es in feinste Krümel und rührt diese unter die gelblich-weiße sprudelnde Flüssigkeit. Noch ein Schuss Sekt hinterher, und der Spezial-Drink ist fertig.

„Mir aber nur ein winziges Schlückchen", stoppe ich Geier, als er drei Sektgläser füllen will. Im Garten stoßen wir an, ich probiere vorsichtig. Es schmeckt seltsam.

„Schmeckt gut", meine ich mit einem ermunternden Blick zu John, schließlich soll er ja davon lockerer und vor allem gesprächsbereiter werden.

Seine Miene drückt zwar ziemliche Zweifel aus, aber er leert so nach und nach sein Glas, während er mit Geier Konversation betreibt. Natürlich über Musik, die besten Bands, die letzten Konzerte und was es sonst noch so Neues in der Musikszene gibt.

Ich komme mir total überflüssig vor, kann weder mittrinken noch mitreden, so dass ich recht bald auf mein Zimmer gehe in der

Hoffnung, dass bei einem Gespräch unter Männern vielleicht eher das Private zur Sprache kommen würde. Es ist schon dunkel, als ich Geier wegfahren höre und darauf hin runter in den Garten gehe. John kommt mir entgegen, die leeren Gläser in der Hand.
„Na, ist der Geier schon wieder weg?", frage ich, um irgendetwas zu sagen.
„Ja, und ich finde es absolut nicht gut, dass du erst Besuch einlädst und dich dann auf dein Zimmer verkrümelst und mich mit dem Besuch hier sitzen lässt. Und auf dieses komische Gesöff hätte ich auch verzichten können!"
Grimmig rauscht er an mir vorbei in die Küche.
„Aber ich dachte, ihr hättet euch gut unterhalten!", rufe ich ihm hinterher und hätte gern gewusst, ob es Geier überhaupt gelungen war, das schwierige Thema unserer Beziehung zur Sprache zu bringen. An John hat sich jedenfalls nichts erkennbar verändert, selbst Geiers Spezialdrink scheint bei ihm die Wirkung verfehlt zu haben.

Enttäuscht beschließe ich, ins Bett zu gehen, Muschel nimmt auf ihrer Decke oben im Flur Platz. Wieder einmal kann ich nicht einschlafen und horche auf die Geräusche, die mir verraten, dass auch John zu Bett gegangen ist.

Wie gerne hätte ich ihn neben mir, vielleicht mit einer Hand auf meinem Bauch, wo das Kind sich regt. Einfach nur daliegen und sich festhalten, vielleicht ein bisschen reden, über uns und die Zukunft. Anstatt dessen liege ich alleine mit meinem dicken Bauch und den schweren Sorgen in dem viel zu großen Bett. Und nur fünf Meter weiter liegt der Mann, den ich liebe und der der Vater meines Kindes ist, in seinem Zimmer, vielleicht ebenso unglücklich wie ich.

Eine Schwerstgeburt

Eigentlich sollte der Geburtstermin ja erst in vier Wochen sein, ist aber nun um zwei Wochen vorverlegt worden, da das Ergebnis des letzten Ultraschalls mehr Kopfumfang und Gewicht als üblich ergeben hatte. Körperlich geht es mir immer noch gut, und in den nächsten Tagen soll die Hebamme uns besuchen, um die Vorbereitungen für eine Hausgeburt zu besprechen. Irgendwie ist mir nicht so ganz klar, welche Rolle John dabei spielen will, da er sich bisher aus allem, was mich oder die Schwangerschaft betraf, heraus gehalten hatte. Insgeheim hoffe ich aber, dass er sich dann wenigstens als fürsorglicher Vater entpuppen würde.
Um mir die Wartezeit zu verkürzen bzw. weil ich es zu Hause nicht lange aushalte, fahre ich mit Muschel eines Nachmittags eine Bekannte besuchen, die in einem Dorf ca. 15 km entfernt wohnt. Wir sitzen in der Küche, trinken Tee und erörtern dabei ausgiebig das unverständliche Treiben der Männer, als ich auf einmal Bauchschmerzen bekomme.
„Ich fahre jetzt wohl besser mal heim, mir tut der Bauch weh."
„Ach, da mach dir mal keine Sorgen, das sind nur Vorwehen, und dann kann es noch zwei

Wochen dauern", beruhigt mich Bärbel mit Kennermiene.
Ich sinke wieder auf das Sofa zurück und Bärbel schenkt mir Tee nach. Doch nach einer Weile springe ich wieder auf.
"Mensch Bärbel, ich glaube, es ist wirklich besser, wenn ich jetzt nach Hause fahre und mich ins Bett lege. Es zieht schon wieder so komisch. Tschüs, mach's gut."

Draußen ist es schon dunkel. Ich fahre los, doch dann erfasst mich ein neuer Krampf. Während ich das Lenkrad umklammere, halte ich rechts an.
„Oh mein Gott, was ist das nur?"
Muschel, die mit aufgestellten Ohren auf der Rückbank sitzt, winselt mitfühlend.
„Ganz ruhig, Muschel, alles in Ordnung, wir schaffen das schon."
Als der Schmerz nachlässt, fahre ich vorsichtig weiter, dabei die ausgestorbene Landstraße fest im Blick. So erreichen wir nach endlos langer Zeit, wie es mir vorkommt, Oedingen und ich schaffe es noch gerade, mich ins Bett zu schleppen. John ist zu Hause und wirft mir einen besorgten Blick zu, als er meine gebückte Gestalt im Hausflur erblickt.
„Ist was, soll ich den Arzt rufen?", fragt er.
Schön, dass er überhaupt einmal Notiz von

mir nimmt. Wie gut tut das, und ich erwidere heldenhaft:
„Nein, nein, ist schon gut. Das sind nur die Vorwehen, die gehen schon wieder weg."
Ich habe mich gerade ins Bett gelegt, da erfasst mich eine neue Welle des Schmerzes. Mit beiden Händen klammere ich mich an die Bettumrandung, die unter meinem harten Zugriff ächzt, und ein Stöhnen entringt sich meiner Kehle. Als der Schmerz abebbt, lehne ich mich wieder erschöpft in die Kissen zurück.
Wenn das nur die Vorwehen sein sollten, wie werden dann erst die richtigen sein, frage ich mich bange, und wie ist das dann überhaupt noch auszuhalten?
Meine Gedanken werden von einer neuen Wehe unterbrochen, und ich kann nicht anders als stöhnen.
Jetzt stürmt John in mein Zimmer.
„Mensch Emma, so geht das nicht. Ich rufe jetzt den Arzt an, bin gleich wieder da."
Da wir ja kein Telefon besitzen, muss er erst zur nächsten Telefonzelle fahren. Derweil klammere ich mich an mein Bett und kann nicht mehr so recht an die These der Vorwehen glauben. Wahrscheinlich geht es jetzt schon los, und wir haben noch nicht einmal das Gespräch mit der Hebamme gehabt.

John ist schnell wieder zurück.
„Wir müssen sofort ins Krankenhaus! Komm Emma, zieh dich an."
„In welches Krankenhaus, was hat denn Dr. Murksem eigentlich gesagt?"
Ich hatte doch eigentlich eine Hausgeburt machen wollen!
„Dass wir sofort ins Krankenhaus nach Schlechtem fahren sollen. Es geht los Emma, jetzt kriegen wir unser Baby."
Mit Mühe und Not verfrachtet mich John in den Käfer. Muschel will auch unbedingt mitkommen, sie hat gemerkt, dass mit mir etwas nicht stimmt und muss dann halt nachher im Auto bleiben. Als wir etwa 20 Minuten später endlich vor dem Noteingang des Schlechtener Krankenhauses stehen, krümme ich mich vor Schmerzen. Kein Grund für die Aufnahme, die Erfassung meiner Personalien auf später zu verschieben. Es dauert ewig, wie es mir scheint, bis dass ich auf mein Kreißbett komme.

Und schon wieder drückt mir die Hebamme die Lachgasmaske aufs Gesicht, und wieder habe ich das Gefühl, ich müsste ersticken. Aber es hat keinen Zweck, sich dagegen zur Wehr zu setzen, die Hebamme ist kräftig und resolut

„Jetzt wehr'n Sie sich doch nich so, Sie machen's uns allen doch nur schwerer."
Einlullende Dämpfe ziehen in mein Gehirn, wie gerne hätte ich jetzt geschlafen. Aber da kommt schon wieder dieser gewaltige Druck, jenen ungeheuren Brocken in meinem Bauch nach draußen befördern zu müssen.
„Und pressen, pressen, pressen!"
Die schrille Stimme der Hebamme verkündet nur das, was ich eh schon weiß.
„Jetzt strengen Sie sich doch mal richtig an!"
Als wenn ich das nicht die ganze Zeit tun würde, was denkt sich die blöde Kuh eigentlich. Trotzdem nehme ich noch mal alle Kraft zusammen und presse was das Zeug hält, leider aber wie die vielen vorigen Male wieder vergebens. Vollkommen fertig lasse ich mich auf das Bett zurückfallen.
„So blöd kann man doch nich sein", tönt es am Fuß des Bettes, „der Kopf ist doch schon jedes Mal zu sehen. Jetzt reden Se mal mit Ihrer Frau", wendet sie sich an John, der sich bisher im Hintergrund gehalten hat.
Er kommt zu mir und nimmt meine Hand.
„Komm Emma, streng dich mal richtig an, unser Kind muss doch heraus."
Und zur Hebamme gewandt:
„Sie könnten ruhig etwas netter sein, dann geht es bestimmt besser."

Die nächste Wehe überfällt mich mit aller Macht, ich presse und presse, aber nichts tut sich.

„Also, jetzt ruf' ich den Arzt, so geht das nich weiter", erklärt die Hebamme und verschwindet.

„Aber ich strenge mich doch an. Ich kann bald nicht mehr."

Tränen der Verzweiflung laufen über mein Gesicht.

„Bitte hilf mir, John!"

Wieder erfasst mich eine Wehe. Der Drang, diesen Klumpen in meinem Bauch loszuwerden, ist übermächtig. Aber alles Pressen hilft nichts, entweder ist das Kind zu groß oder meine Öffnung zu klein.

„Hören Sie auf!", vernehme ich die Stimme des Arztes, der neben meinem Bett aufgetaucht ist.

„Wir machen jetzt einen Dammschnitt, dann haben Sie Ihr Kind in ein paar Minuten."

Die Hebamme rückt wieder mit der Lachgasmaske an und drückt sie mit viel Energie auf meine Nase. Der Arzt macht sich zwischen meinen Beinen zu schaffen, ein Schnitt zum After hin soll die Scheide vergrößern. Danach darf ich wieder pressen. Aber auch dieses Mal bleibt der erwünschte Erfolg aus, und ich bin am Ende meiner Kräfte.

„Jetzt ist es zu spät für einen Kaiserschnitt", höre ich in der Ferne.
Der Arzt greift wieder zum Messer. Er schneidet noch einmal kräftig nach, mein Blut fließt reichlich und trotz der Wolken von Lachgas brennt es unten wie Feuer.
„Ich kann nicht mehr", schluchze ich, „ich kriege das Kind einfach nicht raus!"
Bereit zum Sterben kauere ich mich auf die Seite zusammen und will nur noch schlafen. Doch schon reißt mich die nächste Wehe wieder hoch und ich muss pressen, ob ich will oder nicht.
„Jetzt pressen!", tönt es überflüssiger Weise zwischen meinen Beinen hervor.
„Wir müssen hier jetzt mal fertig werden!" ermuntert mich die Hebamme, während sie mir wieder das Lachgas aufs Gesicht drückt.

Neun Stunden liege ich nun schon auf diesem Folterbett in Presswehen und bin eigentlich am Ende. Aber ich will es noch ein letztes Mal versuchen, ein allerletztes Mal, ich richte mich auf und presse mit aller Kraft. In dem Moment wirft John sich auf meinen dicken Bauch und drückt mit, und da kommt es dann endlich heraus geflutscht, Gott sei Dank!

Unsägliche Erleichterung durchströmt meinen Körper, ich hatte es geschafft und mein Kind geboren.
„Oh John, wir haben es geschafft! Danke, danke! Kann ich jetzt bitte mein Kind haben?"
Doch die Hebamme ist schon mit ihm nach hinten verschwunden, wir hören Wasserrauschen und dann ein klägliches Schreien.
„Es ist ein Mädchen", klärt uns der Arzt auf, der nun unten bei mir wieder beschäftigt ist. Schließlich ist ja noch die Nachgeburt zu entsorgen und das Ganze wieder zuzunähen.

Das dauert einige Zeit, währenddessen dann endlich die Hebamme mit dem Kind wiederkommt und es mir in die Arme legt, eingepackt in eine Decke, so dass nur ihr kleines Gesichtchen heraus lugt. Es ist noch gerötet und ganz verkniffen von den Anstrengungen. Aber als sie in meinen Armen liegt und ich sie an mich drücke, klärt es sich auf und ein zufriedenes Lächeln überzieht ihr Gesicht. Sie scheint genauso erleichtert wie ich.
„Ach Grete, jetzt haben wir es doch geschafft!"
Sofort ist alle Mühe und Angst vergessen, mein Glück kennt keine Grenzen.

„Entschuldigung, aber wir müssen das Kind noch mal haben!"
Plötzlich ist der Arzt wieder neben meinem Bett und streckt die Arme nach Grete aus.
„Was? Wieso denn das? Ich habe sie doch gerade erst bekommen."
Ich halte Grete umklammert und will sie nicht hergeben. Erschrocken schaue ich zu John, der auf der anderen Seite des Bettes ebenfalls in den Anblick seiner Tochter vertieft war.
„Es ist etwas nicht in Ordnung, sie muss in eine Kinderklinik. Bitte geben Sie mir das Kind."
„Neeeiin! Was ist denn nicht in Ordnung und in welche Kinderklinik?"
Der Arzt greift nun energisch zu und verschwindet mit Grete nach hinten, während die Hebamme versucht, mich zu beruhigen.
„Ihr Kind hat einen stark vergrößerten Kopfumfang, deshalb kommt sie nach St. Katharinen, da ist sie in den besten Händen, auch falls operiert werden muss."
„Was, wieso? Nein! John, tu doch was! Lasst mir doch mein Kind. Nein, bitte nicht!"
Nur mit Mühe und Unterstützung von John kann die Hebamme mich auf dem Kreißbett halten, der Arzt kommt mit der Spritze.

„John, du musst mit nach St. Katharinen fahren, bitte lass sie nicht allein, versprich mir das. Du musst auf sie aufpassen."
Die Spritze wirkt und ich verliere das Bewusstsein.

Noch ganz benebelt von der Betäubung schrecke ich auf, als John mich wachrüttelt. Ich nehme ein Krankenzimmer wahr und John, der mit gerötetem Gesicht und nassen Augen neben meinem Bett hockt. Mit einem Schlag ist alles wieder da.
„John, was ist los? Was ist mit Grete, wieso bist du nicht bei ihr?"
Er gibt nur ein Stöhnen von sich und vergräbt sein Gesicht in den Händen.
„John, jetzt sag doch endlich was!"
Mir schwant, dass es nichts Gutes wäre, der Alptraum scheint also kein Ende zu nehmen.
„Es ist schrecklich", beginnt er, „sie wird heute noch operiert, sie hat einen Wasserkopf und bekommt ein Röhrchen in den Kopf gelegt. Das Wasser hat schon viel Hirnmasse verdrängt, sie wird stark behindert sein, wenn sie die Operation überhaupt überlebt."
Bitterlich weinend sinkt er auf meiner Bettdecke zusammen. Ich erstarre zu Eis – ein Wasserkopf? Meine kleine Grete soll auf einmal einen Wasserkopf haben? Das kann

doch nicht wahr sein! Es war doch immer alles in Ordnung gewesen, das hätte ich doch merken müssen. Wo ich immer so gesund gewesen war trotz aller Widrigkeiten.
Deshalb also hatte ich sie fast nicht herausgebracht, und weder Arzt noch Hebamme hatten etwas gemerkt, ebenso wenig wie vorher Dr. Murksem oder der Arzt bei den Ultraschalluntersuchungen im Krankenhaus. Ich kann es nicht glauben.

„Aber es geht ihr doch gut, oder John? Vielleicht übersteht sie die Operation ja ganz gut und es ist alles gar nicht so schlimm."
Ich versuche, meine eigene Verzweiflung zu bannen. Gerne hätte ich uns getröstet und über seinen Kopf gestrichen, aber ich traue mich nicht. Irgendwie fühle ich mich schuldig. Schließlich war mir nicht gelungen, was alle Mütter, die ich kenne, gemeistert hatten: Nämlich ein gesundes Kind zur Welt zu bringen.
Bestimmt hat es an mir gelegen, mir ist ja noch nie was geglückt. Und jetzt muss Grete dafür leiden, und wenn sie stirbt, war alles umsonst. Ich wäre wohl besser bei der Geburt drauf gegangen. Aber so darf ich nicht denken – allein dass Grete lebt, zählt.
„John, du musst wieder zu Grete fahren, wir dürfen sie jetzt nicht alleine lassen."

Er rappelt sich wieder auf und streicht sich durchs Gesicht.
„Okay, Emma, ich fahre noch mal hin, auch wenn ich da überhaupt nichts tun kann."

Erneut versinke ich in meinen Dämmerzustand und wache erst am Abend wieder auf, weil ich pinkeln muss. Im Halbdunklen liegt das Zimmer still und verlassen dar. Ich wanke zur Toilette, wobei es zwischen meinen Beinen höllisch brennt. Warum, verdammt noch mal, kümmert sich hier keiner um mich? Warum ist John nicht zurückgekommen, um mir zu sagen, wie es Grete geht?
Vorsichtig öffne ich die Tür zum Flur und schaue hinaus: Alles leer und totenstill. Wahrscheinlich bin ich hier auf dem Abstellgleis gelandet. So schleiche ich nur wieder zu meinem Bett zurück und verkrieche mich darin. Nach einer Schwester zu klingeln traue ich mich nicht.
Als ich am nächsten Morgen aufwache, ist mein Zimmer immer noch ebenso leer, aber nun erhellt vom Morgenlicht. Ich brauche ein paar Sekunden, da fällt mir alles wieder ein und ich schrecke hoch. Ein scharfer Schmerz durchzieht meine Schamgegend, ich lüfte mein Krankenhaushemd und taste vorsichtig nach unten. Eine lange geschwollene Naht

führt von der Scheide bis zum After wie ein Reißverschluss – es war also doch kein Alptraum!

Langsam erhebe ich mich und stelze zur Toilette, danach auf den langen Flur hinaus. Irgendwo muss doch eine Schwester zu finden sein? Im Schwesternzimmer werde ich dann fündig. Vorsichtig beginne ich:

„Bitte, können Sie mir sagen, wie es meinem Kind geht?"

Dabei versuche ich, mein Krankenhaus-Hemdchen unauffällig hinten zusammenzuhalten. Die Schwestern schauen mich an, als hätten sie ein Schreckgespenst gesehen.

„Jetzt aber schleunigst zurück ins Bett, Sie dürfen doch noch gar nicht aufstehen!"

„Ich muss aber wissen, was mit meinem Kind ist!"

Warum versteht mich denn keiner?

„Dann gehen Sie da vorne zum Arztzimmer, vielleicht kann der Arzt Ihnen was sagen."

Ich klopfe an und werde auch tatsächlich hereingerufen. Der Arzt teilt mir in knappen Worten mit, was ich eh schon weiß, nämlich dass der Zustand des Kindes unklar sei und ich unbedingt im Bett bleiben müsse.

Ich überlege: Bisher habe ich weder eine Mahlzeit noch irgendeine Behandlung erhalten, geschweige denn eine psychologische Betreuung welcher Art auch

immer. Deshalb beschließe ich, auf eigene Verantwortung das Krankenhaus zu verlassen.
Nach meiner Unterschrift darf ich gehen, tausche mein Hemdchen gegen die Sachen, die ich bei meinem Kommen angehabt hatte und verlasse breitbeinig die Station, von den missbilligenden Blicken der Schwestern begleitet. Am Eingang bestelle ich mir ein Taxi und bin erst mal erleichtert, dem Schlechtener Krankenhaus noch mal entronnen zu sein.

Als ich zu Hause ankomme, begrüßt mich nur Muschel voller Freude. Und wo ist John? Was ist mit Grete? Das ganze Haus ist tot und leer, ich schleiche mich nach oben in mein Zimmer und lege mich erschöpft ins Bett. Muschel kriecht mit Mühe darunter, was sie bisher noch nie getan hatte, und wird mir so die nächsten Tage Gesellschaft leisten.
Die Naht zwischen meinen Beinen schmerzt nun schrecklich und meine Brüste sind von angestauter Milch geschwollen und heiß. Dumpfe Verzweiflung überkommt mich bei dem Anblick der Wiege und der Wickelkommode, die noch unberührt im Zimmer stehen.
Endlich kommt John nach Hause, er war tatsächlich arbeiten gegangen und ist ganz

erstaunt, mich schon vorzufinden. In der Mittagspause hatte er in der Klinik angerufen und sich nach Grete erkundigt. Sie hätte die Operation gut überstanden, das Röhrchen war gelegt, damit das überschüssige Hirnwasser abfließen kann. Ich solle schon mal meine Milch abpumpen, wenn ich später stillen wolle und Grete trinken könne, damit der Milchfluss nicht gestoppt würde. Dann müsse man mal weitersehen.

John hatte sich wieder gefasst. Er wirkt jetzt kühl und unnahbar wie vorher und verschwindet auch wieder sofort nach unten in die Küche, ohne sich nach meinem Befinden zu erkundigen oder mir etwas anzubieten wie einen Tee oder eine Suppe vielleicht.

Mittlerweile schmerzt auch meine Brust sehr, sie läuft von Milch über und ist stark gerötet. Ich rufe nach John, der daraufhin wieder zu mir nach oben kommt.

„John! Ich halte das nicht mehr aus, meine Brust tut so weh, und die Naht zwischen meinen Beinen auch."

„Wieso bist du denn auch schon so früh aus dem Krankenhaus raus?"

„Ich habe es da nicht mehr ausgehalten, und gekümmert haben sie sich sowieso nicht um mich, außerdem wollte ich wissen, was mit Grete ist."

„So kannst du auch nichts machen, im Krankenhaus wärest du wenigstens versorgt gewesen."
Er wirft einen langen Blick auf mich und mein durchnässtes Nachthemd, wo sich zwei gewaltige Hügel abzeichnen.
„Okay, ich fahre jetzt in die Apotheke und hole dir was."

Er kommt mit einer Milchpumpe, Schweineschmalz (vom Metzger) und einer Packung Kamillenbäder wieder. Mit der Milchpumpe soll ich meine Brust durch abpumpen erleichtern, danach das Schweineschmalz auf schmieren, so hatte ihm der Apotheker geraten, damit die Entzündung weggeht, und für meine Naht soll ich ein Kamillensitzbad nehmen. Die Pumpe bekomme ich überhaupt nicht angelegt, da meine Brüste prall wie Melonen sich jeglicher Einengung erwehren. Nach ein paar vergeblichen schmerzhaften Versuchen begnüge ich mich damit, sie dick mit dem Schmalz zu besteichen. Für ein Kamillenbad müsste ich aufstehen, wozu ich mich nicht mehr in der Lage fühle, so verschiebe ich es lieber auf morgen.
Muschel hat sich wieder unter mein Bett verzogen, nachdem sie von John herausgelassen und gefüttert worden war.

Anscheinend erkennt sie als Einzige meinen erbarmungswürdigen Zustand und will mir so beistehen, denn ihre Decke im Flur wäre doch weit aus bequemer oder zumindest der Läufer neben meinem Bett.
Was Grete jetzt wohl macht, überlege ich, ganz allein muss sie die Nacht überstehen.
Die Verzweiflung übermannt mich wieder und ich weine mich in den Schlaf.

Auch am nächsten Tag verharrt Muschel unter meinem Bett. John ist arbeiten gefahren, ich versuche noch einmal, die Milchpumpe anzusetzen. Meine Brust ist etwas abgeschwollen, ein Lob an das Schweineschmalz. Demzufolge gelingt es mir, etwas Milch abzupumpen. Dann nehme ich das Sitzbad mit Kamille, welches tatsächlich die Spannung zwischen meinen Beinen angenehm lindert, und ziehe mir ein frisches Nachthemd an. Danach fühle ich mich in der Lage, mir in der Küche einen Tee und ein Brot zu machen, seit zwei Tagen die erste Mahlzeit, und lege mich damit wieder ins Bett.
„Ach, es wird bestimmt noch alles gut werden", tröste ich mich und versuche, etwas zu schlafen.
Am Nachmittag klingelt es an der Haustür. Muschel windet sich unter dem Bett hervor

und läuft zum Flurfenster, stellt sich auf und schaut heraus. Sie bellt ein paar Mal und läuft dann zur Treppe, wo nach einiger Zeit Anita auftaucht, die neue Freundin eines unserer Bekannten.
„Hallo Emma, wie geht es dir?"
Sie streckt mir ein dickes Buch entgegen.
„Ich habe mir gedacht, das könnte dich ein bisschen ablenken, es ist eine sehr spannende Geschichte."
„Hallo Anita, das ist ja ein Ding. Wie kommst du denn hier herein?"
Verblüfft rappele ich mich hoch und nehme das Buch entgegen.
„Als keiner aufmachte, bin ich durch den Garten und die Hintertür, die war auf. Ich hoffe, es ist dir recht?"
Anita lächelt und schaut etwas verlegen beiseite.
Mir schießen schon wieder die Tränen in die Augen und ich suche nach einem Taschentuch. Anita kramt in ihrer Tasche und hält mir eines hin.
„Vielen Dank", schluchze ich, „es ist schön, dass du gekommen bist, ich kann dir leider nur nichts anbieten."
„Das brauchst du doch auch gar nicht, ich wollte doch nur mal vorbeischauen."
„Woher weißt du denn, was passiert ist?"

Ich habe seit der Geburt noch mit keinem Bekannten gesprochen, wir haben ja auch kein Telefon und Besuch war bisher nicht gekommen.

„Ach ja, habe ich so gehört", weicht Anita aus, „kann ich denn irgend etwas für dich tun?"

Unser Unglück hatte sich also schon herumgesprochen, aber Anita ist die Einzige, die gekommen ist. Ich schäme mich – für meine Freunde, meine Verwandten und vor allem für mich selbst – denn schließlich hatte ich ja versagt und ein schwerbehindertes Kind geboren.

„Nein danke, aber ich finde es sehr lieb, dass du gekommen bist und dein Buch werde ich gerne lesen. Ich hoffe, dass ich bald zu Grete nach St. Katharinen fahren kann, damit ich bei ihr sein kann und sie stillen kann. Wenn alles gut geht, kann ich sie in ein paar Wochen mit nach Hause nehmen."

Anita nickt verständnisvoll und meint, dass Stillen ja auch das Beste sei. Sie geht dann bald, und ich mache mir wieder mit der Pumpe zu schaffen, erleichtere meine Brüste mühsam um je eine kleine Tasse Milch. Nachdem ich noch meinen Hintern im Kamillensud gebadet und meine Brust mit dem Schmalz beschmiert habe, nehme ich mir das Buch von Anita vor, vielleicht lenkt es mich ja wirklich ab, bis dass John heim kommt mit neuer Nachricht von Grete.

Es ist schon dunkel, als ich ihn endlich kommen höre. Er war nach der Arbeit noch in der Klinik gewesen, um nach Grete zu schauen. Die Operation sei gut verlaufen, wenn keine Komplikationen auftreten würden, könne sie morgen von der Intensivstation.
„Oh, dann kann ich ja auch morgen zu ihr fahren, ich bleibe dann bei ihr. Bringst du mich hin? Ich glaube nicht, dass ich schon selber fahren kann."
„Dann muss ich mir ja einen halben Tag Urlaub nehmen, aber okay", meint John.
Den Abend verbringe ich dann mit Pumpen, Schmalz schmieren und Kamillebad. John werkelt in der Küche herum und bringt mir irgendwann etwas zum Essen nach oben. Auch Muschel geht noch einmal ihren Geschäften nach und macht es sich dann wieder unter meinem Bett unbequem. Zum ersten Mal seit Beginn der Wehen (vor drei Tagen und in einem anderen Leben, so scheint es mir) kann ich einigermaßen schlafen.

Grete

Nach einem ausgiebigen Bad und Frühstück sind wir nun in optimistischer Stimmung mit meinem Käfer auf dem Weg in die Uniklinik nach St. Katharinen. Muschel hat zu Hause bleiben müssen, da ich das Auto dabehalten soll, um jederzeit mit Grete heimfahren zu können. Ich sitze mit zusammengebissenen Zähnen auf dem Beifahrersitz und wechsele jeweils von einer Pobacke auf die andere, da die Naht sich entzündet hat und ich trotz des weiten Faltenrockes, den ich extra angezogen habe, kaum sitzen kann. An der Tankstelle nutze ich deshalb gerne die Gelegenheit, einmal auszusteigen. Ach, welch ein ungewohntes Gefühl, so ohne dicken Bauch, plötzlich fühle ich mich wieder jung und attraktiv. John lächelt mir zu, das erste Mal seit langem, und so erreichen wir nach anderthalb Stunden die Kinderklinik in St. Katharinen.
Sie ist groß und modern, ein Komplex aus Beton und Glas inmitten von riesig hohen grauen Monumenten der modernen Wohnungsbaupolitik. Die Krankenzimmer haben ab der oberen Mitte Wände aus Glas, so dass irgendwie eine Schaufenster-Atmosphäre herrscht. Das kann ja durchaus

Vorteile bringen wie z.B. einer Isolation entgegenzuwirken, ich sehe aber nur weinende Kinder mit ihren bedrückten hilflosen Eltern wie in einem Schaukasten ausgestellt und finde es einfach nur schrecklich. Auf einmal ist aller Optimismus dahin.

In angstvoller Erwartung folgen wir dem weißen Kittel, der uns zu Gretes Zimmer führt. Drei kleine Plexiglas-Bettchen stehen darin, in einem davon liegt Grete, die anderen beiden sind leer. Ich gehe zu ihr und schaue sie an, endlich! Sie schläft. Ihr Kopf liegt auf der Seite, auf der anderen ragen ein Röhrchen und eine Kanüle heraus, und eine Sonde lugt aus ihrer kleinen Nase hervor.
Welch ein süßes kleines Gesicht sie hat! Ab und zu verzieht sie ganz entzückend den Mund und gibt ein paar quietschende Laute von sich. Na ja, der ausladende Hinterkopf ist nicht zu übersehen, aber vielleicht gibt sich das ja noch. Nur ist mir jetzt klar, warum ihre Geburt so schwierig war bzw. verstehe ich nicht mehr, wie dieser Kopf überhaupt aus mir heraus kommen konnte. Ihre Händchen sind zu winzigen Fäusten geballt, ich streichele sie vorsichtig und spreche mit ihr. Grete antwortet sogar mit einem zaghaften Lächeln und einem leisen Quietschen, hält

die Augen aber weiterhin geschlossen. Mit aller Macht kämpfen sich nun meine Tränen hervor, die ich bisher so krampfhaft zurück gehalten habe.

Eine Schwester kommt herein und fragt, ob ich sie einmal anlegen wolle. Bisher hätte sie zwar noch nicht selber getrunken, aber es sei wichtig, zu üben. Behutsam nehme ich Grete aus ihrem Bettchen und setze mich mit ihr auf einen der verfügbaren harten Plastikstühle, die für die Hygiene ja sehr wertvoll sein mögen, aber leider dabei völlig unbequem sind. Sofort schmerzt meine Naht so sehr, dass ich es fast nicht aushalte.
Trotzdem nehme ich vorsichtig Gretes Kopf mit seinen 43 cm Umfang und lege ihn an meine Brust. Doch die Nasensonde ist im Weg und meine Brust so prall, dass dies ein aussichtsloses Unterfangen zu sein scheint. Grete macht auch keine Anstalten, nach der Brustwarze zu suchen, was sie normalerweise tun sollte, und so versuche ich, ihr diese einfach in den Mund zu stecken. Das findet Grete nun wieder empörend und beschwert sich lautstark.
„Du bist sogar zu blöd, dein Kind zu stillen!" lässt sich John nun vernehmen.
Wie bitte? Habe ich da richtig gehört? Beschämt senke ich meinen Kopf über Grete.

„Es kann sein, dass bei ihrem Kind der Saugreflex noch nicht ausgebildet ist, es hat ja schwere psychosomatische Störungen", beeilt sich die Schwester aufzuklären, „dann wird sie erst mal künstlich weiterernährt, aber der Kontakt zur Mutter ist trotzdem wichtig."
Geschäftig hantiert sie noch kurz an der Wickelkommode und verlässt dann das Zimmer.
Ich gebe meine Bemühungen auf und lasse Grete in meinen Armen schlafen. Von nun an würde uns nichts mehr auseinanderbringen!
„Ich mach' mich dann wieder auf den Weg, komme die Tage noch mal vorbei", verabschiedet sich John nun von mir.
Zärtlich streicht er Grete einmal über die Wange und wendet sich dann zur Tür. Ich kann nicht antworten, sondern nur nicken und schaue dann wieder auf das schlafende Gesichtchen an meiner Brust.

Es ist schon Abend, als ich endlich in einem Zimmer im 5. Stock vom Schwestern-Wohnheim meinen schmerzenden Unterleib in ein Kamillebad halten kann. Eigentlich hatte ich ja gehofft, bei meinem Kind schlafen zu dürfen, aber in St. Katharinen ist das nicht erlaubt. So war mir dann nach einem langen Telefonat mit meiner

Krankenkasse doch noch dieses Zimmer zugestanden worden.

Nach dem Bad stelle ich mich auf den Balkon, genehmige mir eine Zigarette (endlich mal wieder) und betrachtete die unwirkliche Silhouette am Abendhimmel. Glutrot verschwindet die Sonne an diesem Sommertag hinter den Hochhäusern von St. Katharinen und taucht diese in alle Farbschattierungen von lila bis orange.

Doch ich kann kein Leben entdecken, alles scheint tot und leer zu sein. Auf den Straßen und Parkplätzen unter mir befinden sich nur Autos und ich frage mich, wie diese hierher gekommen waren. Auch die umliegenden Bauten glänzen leblos in der Abendsonne, kein Bewohner kommt oder verlässt die Eingangshallen. Noch nicht einmal ein Vogel ist zu hören, kein Hund geht vor die Tür, es kommt mir vor wie nach einer Atomexplosion.

Die nächsten Tage sind ausgefüllt mit Kamillenbäder, die allmählich ihre heilende Wirkung zeigen, und Krankengymnastik mit Grete, deren Motorik gefördert werden soll. Dazwischen immer wieder wickeln und anlegen, doch Grete will einfach nicht trinken und nur dann darf sie nach Hause. Ab und zu gehe ich in die Cafeteria oder mache einen

Spaziergang durch die Anlage. Es ist jetzt Hochsommer geworden und ich sehne mich danach, mit Grete diese Betonwüste verlassen zu können. Was wohl aus meinem so mühsam angelegten Gemüsebeet geworden ist?

Einmal kommt mich Zilly mit einer Freundin besuchen, was ich sehr nett finde. Als wir an Gretes Bettchen stehen, schläft sie mal wieder, und so gehen wir nach kurzer Zeit lieber raus und setzen uns noch etwas auf die Wiese vor der Klinik. Die Stimmung ist beklommen, auch wenn ich mich bemühe, Optimismus zu verbreiten. Bald würde ich Grete mit nach Hause nehmen und alles Weitere würde man später sehen.

Aber eigentlich sehne ich mich nach nichts mehr als mich jemanden in die Arme zu werfen und einfach nur zu heulen, um die Angst und den Schrecken einmal los zu werden. Bisher hatte ich noch nicht viel über Gretes Zustand erfahren können, wenn die morgendliche Visite mit einem langen Schwarm von weißen Kitteln an uns vorbeirauscht, nur dass ihr Zustand momentan stabil ist und das Ausmaß ihrer Behinderung abzuwarten sei.

Fürs Blutabnehmen und anderen medizinisch notwendigen Maßnamen dürfen sich die zukünftigen Ärzte versuchen, was ich ja auch verstehen kann, aber muss das unbedingt an meinem Kind sein? Wenn dann der Doktor in Spe, ein ungelenker junger Schnösel, zum dritten Mal nicht die Vene an Gretes Kopf trifft und Gretes anfänglich klägliches Wimmern sich zum verzweifelten Schreien gesteigert hat, muss ich den Raum verlassen, um ihm nicht die Spritze aus der Hand zu reißen und in seinen Allerwertesten zu jagen.

Später kommt der Stationsarzt auf mich zu und will mich doch tatsächlich einmal sprechen. Grete müsse nachoperiert werden, das Röhrchen sitze noch nicht so richtig, ein kleiner Eingriff, ob ich meine Zustimmung geben würde?
Oh nein, auch das noch! Eigentlich würde ich ja mein Kind lieber mit einem schlechtsitzenden Röhrchen aufwachsen lassen, aber natürlich gebe ich mein Einverständnis, wenn auch mein Herz schon wieder in die Hose gerutscht ist.
„Wodurch kommt denn überhaupt dieser Wasserkopf zustande?", wage ich jetzt doch einmal den Arzt zu fragen.
Es gäbe zwei Möglichkeiten, klärt mich dieser auf, einmal genetisch bedingt, also erblich, und zweitens durch eine Infektion mit „Toxoplasmose". Dies sei eine meist

durch Katzen oder auch andere Tiere übertragene Erkrankung, wobei der Erreger das Nervensystem des Wirtes von diesem oft unbemerkt angreifen kann und dann vor allem den Fötus bei Schwangeren schädigt. Die genaue Ursache könne man nur durch eine Obduktion im Todesfall des Kindes oder bei mir durch ein erbbiologisches Gutachten ermitteln, welches sie hier aber nicht erstellen könnten. Ob wir Katzen zu Hause hätten und ob ich mich vor der Schwangerschaft einmal schlecht gefühlt hätte, will der Arzt jetzt wissen.
Ich überlege:
„Ja, in der WG hatten sie Katzen und ich habe bis kurz vor meiner Schwangerschaft bei einem Tierarzt gearbeitet. Und meine letzte Periode vor der Schwangerschaft war sehr stark und schmerzhaft gewesen, fast wie ein kleiner Abort."
„Dann ist in Ihrem Fall eine Ansteckung mit dem „Toxoplasma Parasit" wahrscheinlich. Schade, dass man das nicht schon früher untersucht hat. Durch eine einfache Blutuntersuchung bei Schwangeren lässt sich dieser Erreger nämlich nachweisen und durch eine Antibiotika Therapie im frühen Stadium unschädlich machen."
Na toll, ein Hoch auf meinen Gynäkologen Dr. Murksem! Er hatte doch gewusst, dass ich in

einer Tierarztpraxis beschäftigt war und trotzdem so eine Untersuchung nicht für nötig befunden. Aber wenigstens hätte ich dann ja so keine Schuld an dem ganzen Unglück, tröste ich mich, schließlich kann man so etwas als Laie nicht unbedingt wissen und ich war immer brav zu allen Vorsorgeuntersuchungen gegangen.

Grete übersteht auch den zweiten Eingriff gut, obwohl sie mittlerweile so mager und zerbrechlich wirkt. Das Röhrchen sitzt jetzt richtig und wenn sich keine Entzündung bildet und Grete endlich selber trinken lernt, haben wir gute Chancen bald nach Hause zu kommen. Mir scheint es wie ein Wunder, dass dieser zarte kleine Körper solche Strapazen überwinden kann.
Nach Feierabend kommt John mit dem Motorrad vorbei. Er ist wortkarg und wirkt abweisend, meine Freude weicht dahin. Stumm steht er vor Gretes Bettchen und streichelt ihre kleine Faust. Da sie immer noch schläft, machen wir einen Spaziergang durch das Klinikgelände, ich erzähle ihm währenddessen von dem Gespräch mit dem Arzt. John zeigt keinerlei Regung.
„Du Emma, ich muss jetzt wieder fahren. Rufe doch bei Zilly und Mick an, wenn ihr entlassen werdet."

Oh John, ist das alles? Mit schwerem Herzen verfolge ich seinen Aufbruch. Mit einem langen Blick verabschiedet er sich von der schlafenden Grete, nimmt seinen Helm und wendet sich zur Tür.
„John ....!"
„Ja, was ist?"
„Komm gut heim."
Er nickt und geht.

Zwei Wochen sind wir nun schon in St. Katharinen und heute soll endlich der langersehnte Tag von Gretes Entlassung sein. Ich hatte in Miesbach angerufen und John ausrichten lassen, schon mal Milchpulver und Fläschchen zu besorgen. Denn Grete schafft es zwar immer noch nicht, an der Brust zu saugen, kann dafür aber nun aus einem größeren Schnullerloch trinken. Mittlerweile war meine Milch auch versiegt und meine Brust wieder auf normale Größe geschrumpft.
Am Morgen habe ich schon früh meine wenigen Sachen gepackt und in den Käfer getan, der noch immer treu auf dem Parkplatz des Schwesternwohnheims wartet. Dann gehe ich zu Grete auf die Station und gebe ihr erst noch einmal das Fläschchen. Das meiste geht zwar wieder mal daneben und mit Bangen frage ich mich, wie wir zu

Hause über die Runden kommen würden, aber egal. Erst mal hier raus, dann würde man weitersehen.

Dann wird Grete auf der Wickelkommode erst noch schön gemacht. Behutsam hebe ich ihren Kopf an, um das Hemdchen überzuziehen. Aber was ist das? Ein paar milchig trübe Tröpfchen perlen aus dem Röhrchen.

„Schwester, bitte kommen Sie mal schnell!", rufe ich in den Flur hinaus.

Die Schwester rauscht heran. Ich deutete auf Gretes Kopf:

„Ich glaube, das sieht nicht gut aus."

Sie besieht sich das Röhrchen.

„Da müssen wir den Arzt holen", brummt sie und verschwindet wieder auf den Flur.

Ich harre in bangem Erwarten und streichele Grete derweil behutsam, wohl mehr zu meiner eigenen Beruhigung als ihre, denn sie selbst ist schon fast wieder am schlafen und gibt nur manchmal ein klägliches Quietschen von sich.

Kurz darauf erscheint der Stationsarzt mit zwei Gehilfen im Schlepptau. Sie beugen sich über den Wickeltisch und besehen sich Gretes Kopf.

„Das könnte auf eine Infektion hindeuten, hat sie Fieber?", wendet sich der Arzt an mich.

Ich zucke die Achseln, woher soll ich das wissen? Bisher hatte ich es nicht messen sollen und heiß hat sie sich auch nicht angefühlt. Der Arzt steckt Grete ein Fieberthermometer in den Po – kurzes gespanntes Warten.
„Wir müssen eine Bauchpunktion machen!"
Die weißen Kittel entfernen sich wieder, um das nötige Werkzeug zu holen.
Ich sacke über Grete zusammen. Das ist das Ende, ich weiß es. So lange hatten wir gekämpft und es war alles umsonst gewesen. Ich rappele mich sofort wieder hoch, als einer der Assistenzärzte mit einer großen Spritze auftaucht.
„Muss das wirklich sein?"
„Tut mir leid, aber wir müssen schnellstens schauen, woher diese Infektion kommt. Bitte halten Sie Ihr Kind fest!"
Er sticht in Gretes Bauch und zieht eine Flüssigkeit auf, Grete schreit jetzt wie am Spieß. Dann geht alles sehr schnell. Die Untersuchung ergibt eine Entzündung im Kopf, es muss sofort operiert werden. Die Einwilligung meinerseits ist reine Formsache.

Nun beginnen bange Stunden des Wartens, Hoffnung habe ich keine mehr. Wie soll dieser kleine geschundene Körper noch diese

neue Strapaze aushalten? In der Wartezone vor der Intensivstation sitze ich alleine, unendlich langsam rinnen die Minuten dahin. Bald halte ich es nicht mehr aus und gehe auf dem Flur auf und ab, dann bitte ich eine Schwester, mal telefonieren zu dürfen.
„Hallo Zilly, hier ist Emma."
„Hallo, wie geht's?"
„Nicht so gut, Grete wird gerade operiert, in ihrem Kopf hat sich etwas entzündet, da wo das Röhrchen sitzt. Deshalb können wir heute auch keines falls heimkommen, kannst du das bitte John erklären?"
„Ja klar, Mick wird bei ihm vorbeifahren und es ihm ausrichten. Das hört sich ja nicht so gut an."
„Nein Zilly, ich habe fürchterliche Angst, dass Grete stirbt. Das kann alles gar nicht wahr sein!"
„Vielleicht wird ja alles noch gut und ihr könnt bald nach Hause kommen. Ich halte euch jedenfalls die Daumen."
„Danke Zilly! Ich muss jetzt Schluss machen, bis dann."

Die Operation ist vorbei, ich darf zu Grete auf die Intensivstation. Bleich und wächsern liegt sie da, ein winziger lebloser Körper gespickt mit Kanülen in einem großen weißen Bett, umgeben von einem Wirrwarr

von Schläuchen und Apparaten. In der gespenstischen Stille des gekachelten Raumes ist nur das monotone Piepen des Herzmonitors zu hören, begleitet von dem Schnaufen des Beatmungsgerätes.
Ich sinke auf den einzigen Stuhl, der verloren neben dem Bett steht. Wir sind alleine in diesem Raum und in dieser Welt, alleine mit dem Tod, der hinter den Apparaten lauert. Ich traue mich nicht, sie anzufassen, starre nur auf ihr regungsloses Gesicht. Ihr Hinterkopf ist dick verbunden und ihre zarten Händchen sind mit weißen Mullbinden am Bett fixiert.
„Mein armer Schatz, so viel musstest du schon leiden in deinem kurzen Leben, und ich kann dir jetzt nicht mehr helfen."
Blanke Verzweiflung steigt in mir hoch und erreicht jede Faser meines Körpers, derweil die Geräte unverändert ihre Arbeit tun. Wieder einmal werden die Sekunden zu Stunden, irgendwann halte ich es einfach nicht mehr aus und stehe auf.
„Tschüs Grete, ich muss jetzt gehen. Es tut mir alles so leid, bitte verzeih mir!"

Fluchtartig verlasse ich den Raum und das Krankenhaus, hinterlege auf der Station nur die Telefonnummer, wo ich zu erreichen bin.

Nur verschwommen nehme ich die von der Abendsonne angeleuchtete Silhouette von St. Katharinen im Rückspiegel wahr, als ich diese hinter mich lasse. Viele Tränen trüben meine Sicht, so dass die Straße vor mir immer wieder gefährlich zerfließt. Wie anders hatte ich mir diese Rückfahrt vorgestellt, jetzt komme ich ohne Grete nach Hause!

John ist gerade am Kochen, als ich durch den Garten zur Hintertür hereinkomme, die offen steht. Es sieht alles so idyllisch aus und mir wird klar, dass John noch nichts weiß.
„Hallo, da seid ihr ja!"
Er schaut mich an:
„Wo ist denn Grete?"
Jetzt hat Muschel mich entdeckt und begrüßt mich begeistert, was mir etwas Zeit für eine Antwort verschafft.
„Also sie ist … ich konnte sie nicht mitbringen, weil … sie musste heute noch mal operiert werden, und jetzt liegt sie wahrscheinlich im Sterben, und ich habe es nicht mehr ausgehalten, es tut mir leid!"
John stellt sofort seine Kochplatten ab.
„Wieso denn das?"
Ich nehme mich zusammen und berichte.
„Dann müssen wir jetzt nach Miesbach fahren", meint er, „falls die Klinik anruft."

In Miesbach haben sie gerade Besuch von Anette und Anarcho, alle sitzen im Wohnzimmer, Anette hochschwanger. John erklärt in knappen Worten die Situation. Die Klinik hat noch nicht angerufen.
Ich gehe alleine in die Küche und sinke erschöpft auf die Küchenbank. Anette kommt hinter mir her, aber wir sprechen nur wenig. Ich rutsche von einer Pobacke auf die andere, da mir auf der harten Küchenbank wieder meine Naht sehr schmerzt. Aber so merke ich wenigstens, dass ich noch lebe, wenngleich dann auch sofort der heiße Wunsch aufsteigt, dass dieser Alptraum endlich ein Ende haben möge. So sitzen wir nur schweigsam da und warten. Worauf? Ich weiß, dass irgendwann der Anruf kommen wird.
Mick taucht in der Küche auf und nimmt sich nach einem kurzen Blick in die Runde eine Dose Würstchen vor. Wahrscheinlich ist das Abendessen somit auch bei ihnen ausgefallen. In weiser Voraussicht fragt er erst gar nicht, ob wir auch etwas wollen, sondern schiebt sich etwas hastig und verstohlen ein Würstchen nach dem andren in den Mund. Die Szene läuft wie ein Film an mir vorbei und er ist gerade beim letzten Würstchen angelangt, als das Telefon klingelt.

Wir schauen uns an, ich stehe auf, gehe ich in den Flur und nehme den Hörer ab.
„Hallo?"
„Hier ist die Klinik von St. Katharinen. Spreche ich mit Emma?"
„Ja"
„Ähm, es tut uns leid – aber ihre Tochter ist soeben verstorben!"
Außer einem Röcheln bringe ich keinen Ton heraus, ich lege den Hörer auf. Dann breche ich mit einem Aufschrei zusammen und werfe mich in die Arme von John, der herbeigeeilt ist.
Ich weiß nicht mehr, wie ich heimgekommen bin, nur dass in jener Nacht John zum ersten Mal seit unserem Einzug in Ödingen bei mir schläft. Auf dem Gipfel meiner und wahrscheinlich auch seiner Verzweiflung gönnt er uns ein bisschen Nähe und Mitgefühl; an seiner Seite darf ich weinen, bis ich einschlafe.

Dünnes Eis

Wie jeden Morgen in den letzten Tagen kämpft sich auch heute mein Bewusstsein mühevoll aus den Tiefen zu mir empor, um direkt von einer Woge der Erinnerung überrollt zu werden. Sofort öffnen sich wieder die Pforten meiner Tränendrüsen und zwei breite Ströme ergießen sich stetig und unaufhaltsam. Mein Bett verlasse ich nur kurz, um auf die Toilette zu gehen, was aber bei der Tränenflut nicht so häufig anfällt. Ich wundere mich sowieso, woher nur diese ganze Flüssigkeit kommen kann. Auch John begegnet ihr mit Unverständnis und versucht ab und zu, sie mit einem:
„Mensch Emma, jetzt hör doch endlich mal auf zu weinen!" einzudämmen, was natürlich nicht von Erfolg gekrönt ist.
Ein Mal am Tag schleppe ich mich in die Küche um mir irgendetwas Essbares zu holen und Muschel ihren Napf aufzufüllen. Die Arme weiß gar nicht mehr, was los ist. Ich habe John gebeten, die Organisation der Beerdigung von Grete zu übernehmen, da ich mich außerstande fühle, nur einen einzigen Gedanken in diese Richtung zu fassen. Dafür will ich dann die sämtliche Zeit der Grabpflege übernehmen. So ist John viel

unterwegs, da er zudem auch noch weiter arbeiten geht.
Einer Obduktion, welche die Kinderklinik zu Forschungszwecken und einer sicheren Bestimmung der Todesursache gerne durchgeführt hätte, habe ich nicht zugestimmt. Grete hat schon genug gelitten und soll nun wenigstens ihre Ruhe haben. Der Gedanke, dass sie weiter an ihr rum schnibbeln, war mir unerträglich.

„Emma, wenn du mit auf die Beerdigung willst, musst du jetzt aufstehen!"
John steht in der Tür zu meinem Zimmer. Ein neuerlicher Tränenstrom ist die Antwort, die mein Körper gibt. Nein, ich will auf keine Beerdigung, ich will mein Kind zurück! John scheint meine Antwort verstanden zu haben, denn er schließt wieder die Tür und ich höre ihn die Treppe herunter gehen.
Warum, verdammt noch mal, kann er nicht ein Mal auf mich eingehen? Mit ein wenig Zuspruch und an seinem Arm könnte ich vielleicht diesen schwersten aller Gänge überstehen. Aber das Maß unserer Gemeinsamkeit war wohl in der einen Nacht nach Gretes Tod aufgebraucht und nun steht jeder wieder alleine da.
Einige Zeit später höre ich etliche Wagen auf der Straße und Leute vor unserem Haus. Ich

schaue von oben vorsichtig zum Flurfenster hinaus. Viele unserer Freunde sind gekommen, selbst Geier kann ich ausmachen, sogar als Einziger im schwarzen Anzug mit weißem Hemd und schwarzer Fliege, wie ich verwundert bemerke. Gerade verlassen sie alle den Hof in Richtung Dorfstraße, und keiner ist zu mir herauf gekommen, um mal nach mir zu sehen.
Voller Verzweiflung hechte ich wieder in mein Bett zurück und ergebe mich dem Schmerz. Wenn ich jetzt eine Bombe hätte, dann würde ich sie zünden – ja, und dann wäre alles in Schutt und Asche!
Nach einer Weile höre ich die Friedhofsglocke läuten und ein Gedanke bohrt sich in mein Hirn: Emma, willst du wirklich die Beerdigung deines Kindes verpassen?
Ich verkrieche mich noch tiefer in die Kissen und halte mir die Ohren zu, aber der Gedanke gibt keine Ruhe. Und so rappele ich mich irgendwann auf, wasche mir schnell das Gesicht, ziehe mir ein Kleid an, es ist lila und das einzige, was ich besitze, und laufe zum Friedhof von Oedingen, so schnell es meine Naht zulässt.

Schon von weitem sehe ich die kleine Ansammlung von Leuten am Ende des

Friedhofs. Der Pfarrer steht unten am Grab, die Trauergemeinde dahinter. Ich verharre und traue mich nicht, näher zu kommen. Denn es kommt mir so vor, als wenn ich nicht dazugehöre, mehr noch, als wenn ich die Schuldige wäre und kein Recht hätte, daran teilzunehmen. Der Pfarrer lässt sich nicht stören bei seiner Predigt, mit der er fast schon zu Ende ist, und auch sonst wagt kaum einer den Blick in meine Richtung.
Der kleine weiße Sarg wird eingelassen, die ersten Brocken Erde fallen dumpf hallend auf ihn nieder und wecken mich aus meiner Erstarrung. Panikartig verlasse ich den Friedhof und flüchte mich wieder nach Hause in mein Bett. Nein, ich kann es nicht aushalten!
Kurze Zeit später höre ich sie alle unten im Wohnzimmer, John kommt zu mir herauf an mein Bett.
"Sie sind alle noch mit auf einen Kaffee gekommen. Kommst du runter mir helfen?"
Ich schaue ihn an, er verzieht keine Miene, und ich nicke langsam. Wahrscheinlich war ich verrückt geworden, schon vor langer Zeit, und eigentlich ist alles ganz normal, nur ich eben nicht. Ich ziehe mir mein Kleid wieder über und gehe nach unten. Doch das bin gar nicht ich, die da mit gefasstem Gesicht auftritt, die eigentliche Emma liegt immer

noch verkrochen in ihrem Bettzeug und wimmert vor sich hin.

Das Wohnzimmer und die Küche sind voll von plaudernden Leuten mit Kaffeetassen in der Hand, die um Unverfänglichkeit bemüht nicht aufschauen, als ich hereinkomme. Gut, dass Geier auf mich zuschlendert, in seiner eleganten Trauerkleidung mit den blond gefärbten Haaren schon fast makaber anmutend unter den anderen T-Shirt-Trägern und selbstgestrickten Pullovern.
„Hallo Emma, wie geht es dir?"
Mit dem Handrücken wische ich die Tränen weg, die mir sofort wieder in die Augen schießen.
„Mensch Geier, was hast du dich so schick gemacht! Sieht richtig klasse aus."
„Och, das ist doch nichts Besonderes. Du siehst aber auch gut aus in dem Kleid!"
Das kann natürlich nur schlichtweg gelogen sein, aber gerne würde ich mich in seine Arme werfen, um zu heulen. Paul kommt hinzu, eine Tasse Kaffee auf seinen Armen balancierend, die er mir anbietet. Ich nehme sie dankbar an und meine, dass ich ja eigentlich den Kaffee machen sollte.
„Nicht mehr nötig, Emma, die Männer haben schon alles im Griff!"

Dies sollte das letzte Mal sein, dass ich Geier gesehen habe.

Nach ein paar Tagen gebe ich mich geschlagen. Mein Tränenstrom war versiegt in einer unendlichen Wüste, in der selbst eine Bombe keine größere Auswirkung als ein kleines Loch im Sand zur Folge hätte.
Einmal sind meine Eltern mit meiner Tante aus Australien, die gerade bei ihnen zu Besuch weilte, gekommen. Meine Mutter ergeht sich sofort in einer Flut von Tränen, in diesem Fall scheinen wir ja mal überein zu stimmen, und meinem Vater fehlen die Worte.
Meine Tante will mir neuen Mut geben und bietet mir an, mit ihr zurück nach Australien zu gehen, um ein neues Leben anzufangen, was ich auch sofort tun würde, wenn da nicht Muschel wäre. Sie müsste ein halbes Jahr zur Quarantäne in eine Tierstation, um nachkommen zu können, einfach undenkbar. Also lehne ich dankend ab und versichere, dass ich auch so schon zu recht komme.

Das Verhältnis zu John ist wieder das alte oder vielleicht noch etwas mehr eingefroren als vorher (es ist ja immer noch eine Steigerung möglich), und so fahre ich nachmittags wieder mit Muschel an den

Himmelbacher Weiher, um Luft und Sonne an meine heilende Naht zu lassen und abends in den Tutt, um meine rabenschwarzen Gedanken zu vertreiben. Wie mein Leben weitergehen soll, ist mir schleierhaft.

Bei einem Bier draußen vor dem Tutt sinniere ich gerade darüber nach, als Paul mit einem Bier in der Hand zu mir rauskommt.

„Hallo Emma, schön dich zu sehen."

„Hallo Paul, wie geht's?"

Er erwidert nichts, nimmt nur einen Schluck und setzt sich neben mich auf die Fensterbank.

„Du weißt es also noch nicht?"

„Was soll ich wissen? Mensch Paul, nun sag schon!"

Paul nimmt einen tiefen Zug aus dem Glas und erklärt dann mit drei Worten:

„Geier ist tot!"

„Was sagst du da? – Spinnst du?"

„Tut mir leid, Emma, er hat vor ein paar Tagen einen Unfall gehabt. Übermorgen ist wahrscheinlich die Beerdigung."

Das kann doch nicht wahr sein! Weit ausholend feuere ich mein Glas auf den Boden. Während ich noch auf die Scherben vor mir starre, frage ich mich, was in mich

gefahren ist, denn es ist das erste Mal, dass ich extra etwas kaputt gemacht habe.
„Was ist denn passiert?"
„Er ist mit seinem Auto gegen einen Baum gefahren, in einer Kurve, als er von zu Hause nach Himmelbach unterwegs war".
„Und wieso ist er in einer Kurve geradeaus gefahren?"
„Er muss wohl mit irgendwas zugedröhnt gewesen sein, deshalb wurde auch eine Obduktion angeordnet."
Ich kann und will es nicht glauben, sehe ihn wieder vor mir in seinem schnieken Beerdigungsanzug, als hätte er da schon sein kommendes Ende geahnt. Oder war es vielleicht sogar gewollt gewesen? Oder war das alles nur Zufall? Ich stöhne auf und vergrabe mein Gesicht in den Händen.
„Wenn du zur Beerdigung fährst – nimm mich bitte mit, Paul."

Geiers Beerdigung findet pünktlich am übernächsten Tag in seiner Heimatstadt mit einem großen Aufgebot an Familie und Freunden statt. John und ich werden von Paul und einem Freund in Oedingen abgeholt, wir wollen nach der Beerdigung direkt weiter zur Hochzeit von Anarcho und Anette nach Marburg weiterfahren, die für diesen Tag schon lange geplant ist. Natürlich ist keinem mehr wirklich nach einer Hochzeit zumute und ich würde mich eigentlich lieber in Luft auflösen, aber das Leben geht schließlich weiter.

Schweigend reihen wir uns am Ende in die Schlange der Trauergäste ein, ich wage keinen Blick zu John oder Paul, die mit gesenkten Köpfen neben mir gehen. Am Grab angekommen hören wir die Ansprache des Pastors über den leider viel zu früh Verstorbenen. Ich nehme nur die völlig aufgelöste weinende Frau in schwarz wahr, die wohl seine Mutter ist und von Mitgliedern der Familie gestützt wird. Ein hübsches blondes Mädchen, vielleicht seine Freundin, wirft unter Tränen eine schöne rote Rose ins Grab.

Warum hatte es nur nicht mit ihnen geklappt? Und warum liefen John und ich schweigend neben einander her, wo ich mich doch so gerne in seine Arme werfen würde? Warum musste Geier an einem Baum enden, und warum musste ich mein Kind verlieren? Warum gerade ich – wo ich es doch so geliebt hatte?

Die Fahrt nach Marburg, die Hochzeit und anschließende Feier, nur dunkel kann ich mich erinnern. Ich war dabei – aber nicht wirklich, bestenfalls als ein Statist.

Teil 2

Engel schickt der Himmel

La Rabita

Da stehen wir nun in der brütenden Hitze des Spätsommers 1982 an einer staubigen Landstraße an der Küste der Sierra Nevada: Paul mit einem alten, vollgepackten Bundeswehrrucksack, ich mit einem großen altmodischen Koffer und natürlich Muschel, die schwer hechelnd neben meinem Koffer sitzt. Selten kommt ein Auto vorbei, und noch seltener hält es an, eigentlich so gut wie nie.
Das Trampen ist meistens mein Job. Nicht nur weil ich eine Frau bin, sondern auch weil Paul seinen Armstumpf mit dem verkrüppelten Finger nicht so eindeutig postieren kann. So gucken die Fahrer der vorbeirauschenden Autos zwar ganz interessiert zu mir herüber, machen aber keinerlei Anstalten zu bremsen, als sie Paul, das Gepäck und den Hund registrieren.
Es grenzt für mich sowieso an ein Wunder, dass wir überhaupt so weit gekommen sind. Schließlich sind wir seit Alicante, wohin wir durch eine Mitfahrgelegenheit von Frankfurt aus einigermaßen komfortabel gelangt waren, auf der Straße unterwegs und haben schon ein gutes Stück der südlichen spanischen Küste hinter uns gebracht.

Die Costa Blanca lud mit ihren Bettenburgen und überfüllten Autostraßen nicht gerade zum Verweilen ein. Wir hatten kein festes Ziel, sondern suchten einfach nur ein schönes Plätzchen an einem kleinen Strand. Aber das ist schwer zu finden, wie uns nach ein paar Tagen klar wurde, währenddessen wir tagsüber auf der Suche nach diesem Ort immer weiter trampten und die Nächte in unseren Schlafsäcken an irgendeinem Strand verbrachten.

Irgendwann hatte ich die Nase voll gehabt von meinem schweren Koffer, sortierte schweren Herzens ein paar Sachen aus, natürlich die warmen bei dieser Hitze, und legte sie auf den Bürgersteig für eventuell dankbare Abnehmer, die es hier auf den Straßen überall gibt. Mir blieb ja noch die Motorradjacke von John für kalte Tage, die eh schon die Hälfte meines Koffers einnahm. John hatte sie mir doch tatsächlich großzügigerweise für die Reise überlassen, nachdem ich ihm hoch und heilig versprochen hatte, sie ihm auf jeden Fall wohlbehalten wieder zurückzubringen.
Ich fand dies den ersten netten Zug von ihm seit langem. Denn er war nicht gerade begeistert gewesen, als ich sein Angebot, auf dem Rücksitz seiner Enduro mit in den

Bayerischen Wald zu fahren, zu Gunsten Pauls abgelehnt hatte, der mich mit nach Spanien nehmen wollte, damit ich aus meinem Tief herauskäme, wie er sagte.

Irgendwie liebe ich John zwar immer noch und will seit Gretes Tod auch nichts wie weg von Oedingen, aber mit meiner gerade verheilten Naht auf dem Rücksitz einer Geländemaschine 500 km zuzubringen, um dann schweigend neben einem Holzklotz namens John zu sitzen, der zudem noch den dortigen Arbeitsmarkt für Holzfäller auskundschaften will, war mir dann doch nicht so ratsam erschienen. Da war Spanien mit Paul bestimmt besser und ich konnte Muschel mitnehmen, was auf dem Motorrad wohl schlecht der Fall gewesen wäre. John ist dann seltsamerweise gar nicht mehr gefahren, und Paul und ich sind in Richtung Spanien aufgebrochen.

Die Luft flimmert über dem Asphalt, weit und breit ist kein Schatten in Sicht entlang der sich von einem staubigen Hügel zum nächsten windenden Straße, nur ein paar vertrocknete Dornenbüsche gibt es hier und da. Uns läuft der Schweiß in Strömen und unsere Wasserflaschen leeren sich bedenklich. Ich sinne gerade über unser Ende nach – ein klägliches Häufchen aus

bleichen Knochen, verdorrten Kofferresten und anderem, wobei der Koffer mir noch am widerstandsfähigsten erscheint – da fährt ein kleines, gelbes Auto an uns vorbei. 50 Meter weiter stoppt es plötzlich und kommt wieder zurück. Was das wohl soll? Uns mitnehmen bestimmt nicht, da es mit vier jungen Burschen schon voll besetzt scheint.
Die Beifahrertür geht auf und ein gutgelaunter Spanier fragt uns in gebrochenem Englisch, wo wir hinwollen.
„Ganz egal, Hauptsache weg von hier!", geben wir mit Händen und Füßen zu verstehen.
„Okay", meint er.
Wir werden eingeladen, samt unserem Gepäck und Muschel, wobei es mir immer noch ein Rätsel ist, wie wir alle in dieses kleine Auto passten. Auf jeden Fall fahren sie mit uns los und biegen schon nach kurzer Zeit von der Straße ab hinunter zu einem kleinen Fischerdorf, welches hinter den Klippen in einer Bucht versteckt liegt und von uns sonst wohl nie gefunden worden wäre.

La Rabita ist ein Nest aus alten Häusern in engen Gassen, mit einem Krämerladen, einem Tabakladen und einer gemütlichen Cafe-Bar, die von morgens bis nachts geöffnet hat und auch gleichzeitig als Kino fungiert. Es gibt einen Fußballplatz, der aus einer Wiese mit zwei Toren besteht, wo wir später einmal ein sensationelles Spiel zwischen La Rabita und Feligota verfolgen sollen, und ein Cafe unter Platanen, wo die alten Männer des Dorfes endlose Partien Domino spielen und dazu Cafe oder Bier trinken.

Das Beste an La Rabita aber ist der lange Sandstrand, der sich bis zu den angrenzenden Felsen hin erstreckt mit nur einem Hotel aus den stilvollen Anfängen des Tourismus und nur einer neueren aber schon leicht herunter gekommenen Appartement-Anlage im nüchtern zweckmäßigen Hochhaus-Design. Ein Stück weiter hinten liegen kleine Fischerhütten in der Sonne, mit zum Trocknen aufgehängten Netzen, davor ihre bunten Boote umgestülpt im Sand. Ja, genau das war es, was wir gesucht hatten!

In tiefster Dankbarkeit verabschieden wir uns von unseren Rettern und gönnen uns zur Feier des Tages erst mal einen *Café con leche* bei Pietro, besagter Café Bar, auf dem Weg zum Strand. Der Kaffee ist gut, mit viel heißer Milch, die Preise sind moderat und der Besitzer scheint sehr nett, hier kann man öfters hingehen. Zumal der hintere Teil der Bar wie ein Kino eingerichtet ist und es jeden

Abend dort einen Film zu sehen gibt, und das sogar kostenlos laut Pietro.

Am hinteren Strand vor den Felsen richten wir uns dann häuslich ein, deponieren Koffer und Rucksack, ordnen die persönliche Habe, rollen unsere Schlafsäcke aus. Endlich angekommen! Vor uns nur das Meer mit seinen sanften Wellen und über uns der Himmel mit einem Meer von Sternen, linkerhand blinken die Lichter von La Rabita herüber. Zum ersten Mal seit langem empfinde ich wieder den Hauch eines Glücks, was durch den guten spanischen Wein, dem frischen Brot, den Tomaten und Käse, was wir vorher im Dorfladen gekauft hatten, noch gesteigert wird.
Gemütlich mümmele ich mich ein in meinem Schlafsack, den Blick in das unendendliche Blau mit den hellen Punkten versunken, Muschel zu meinen Füßen und Paul neben mir. Wir unterhalten uns über Gott und die Welt, trinken, essen und schlafen dann irgendwann ein, begleitet vom leisen Meeresrauschen.
Als wir am nächsten Tag gegen Mittag wieder am Strand auftauchen, sind die Fischer schon längst vom Meer zurückgekehrt und haben ihre Fische entweder an wartende Händler und

Hausfrauen verkauft oder zum Trocknen ausgelegt. Einige von ihnen sitzen noch vor ihren Hütten und flicken die Netze, dazwischen spielen ein paar kleine braune Jungs Fußball und üben wahrscheinlich den Sieg gegen Feligota.

In so einer Art Strandkantine gibt es jeden Mittag für ein paar Pesos einen großzügigen Teller Eintopf, der von einer freundlichen Signora aus Fisch, Gemüse und viel Knoblauch in einem großen Kessel frisch zubereitet wird. Man sitzt auf Holzbänken unter einem Palmendach, die Gäste sind hauptsächlich allein stehende Fischer und jetzt auch öfters wir, da unsere Kochausrüstung nur aus einem Kochtopf, zwei Tellern, zwei Löffeln und Pauls Taschenmesser besteht und es auch sonst an den notwendigen Zutaten mangelt. Außerdem kann man es für das Geld eh nicht selbst machen, schon gar nicht so köstlich, und für Muschel fällt auch immer etwas ab.

Nur an die außergewöhnlichen Fremden müssen sich die Einheimischen wohl erst noch gewöhnen. Wenn wir eintreffen und uns einen freien Tisch suchen, werden wir von den Anwesenden vorsichtig beäugt. Wahrscheinlich haben sie noch nie so ein Paar wie uns gesehen und anscheinend halten sie mich für schwanger, wie ich von der Signora erfahren kann, die einmal verschämt auf mein pralles Bäuchlein zeigte und mich fragte, wann es denn so weit sei. Aber wir sind ja gar kein Paar, und mein Leibesumfang ist lediglich das Resultat einer ausbleibenden Rückbildung, denn selbst mein Bauch weigert sich, den Verlust zu realisieren. Schuld ist natürlich eigentlich, dass ich keine Rückbildungsgymnastik gemacht habe, sowie ich vorher auch nicht zur Schwangerschaftsgymnastik gegangen war. Ich sehe mich außerstande, der Signora dies alles zu erklären und erst recht nicht in Spanisch, zumal die Tränen sich schon wieder ihren Weg bahnen.

Einige der kleinen Kinder drängen sich ganz ungeniert vor Paul, um ihm beim Speisen zu zuschauen. Das ist der Moment, wo ich mich an vergangene Jahrmarktszeiten erinnert fühle und mit Paul leide, der aber mit keiner Wimper zuckt und souverän seine Fischsuppe löffelt. Ich bewundere seinen Mut und seine Großherzigkeit, diesen Kindern noch mit einem freundlichen Lächeln zu begegnen und sie nicht fortzuscheuchen.

Natürlich haben wir La Rabita schon längst als unser Traumziel erkannt und uns am Ende vom Strand in der Nähe von einem Waschhaus häuslich eingerichtet. Dort gibt es steinerne Waschtröge unter einem Palmendach mit ein paar Wäscheleinen davor an Holzpfosten aufgespannt. Immer noch waschen die Frauen des Dorfes dort morgens unter viel Getratsche ihre Wäsche und lassen sie anschließend in der sengenden Hitze der spanischen Sonne bleichen. Gegen Abend gehen wir dann auch dorthin, waschen uns mit dem klaren kühlen Wasser das Salz vom Baden im Meer ab und die wenige Wäsche, die wir haben. Meine Haut ist in den letzten Tagen schön braun geworden und bedarf nun dringend einer Apres- oder sonstigen Milch, die wir leider nicht dabei haben und die dank unserer knappen Reisekasse auch nicht drin ist. Eine Bodylotion in dem Dorfladen kostet ungefähr so viel wie drei Gin Lemon bei Pietro, und man muss Prioritäten setzen.

Hinter uns ist liegt nur noch eine ältere heruntergekommene Appartement-Anlage, die sich oben ein wenig außerhalb vom Dorf an die Felsen schmiegt, und eine Müllkippe. Die letzte Klippe der Bucht muss anscheinend ebenso für die einfache Müllentsorgung wie Toilettenbenutzung herhalten (die Hütten der Fischer haben ja keine Toilette), denn je nach Windrichtung dringt ein eindeutiger Geruch zu uns herüber. Dies tut aber der malerischen

Kulisse und romantischen Stimmung nicht unbedingt einen Abbruch, wenn wir auf unseren Schlafsäcken sitzen und den Sonnenuntergang schauen.

Meistens gehen wir dann noch zu Pietro, um einen Gin Lemon zu trinken, etwas Spanisch zu palavern und einen Film zu gucken. Unser Gepäck und die Schlafsäcke lassen wir wie immer am Strand zurück, nur die Lederjacke nehme ich mit, egal wie warm es noch ist, damit sie mir nicht geklaut wird. Die Gläser bei Pietro sind groß und halb mit Gin, halb mit Lemon gefüllt, dazu gibt es eine Schale Nüsschen und einen Kinofilm gratis. Es ist einleuchtend, dass wir unser meistes Geld bei Pietro lassen und auch schon mal nachts zu später Stunde Arm in Stumpf zu unserem Platz am Strand zurückwanken.

Sierra Nevada

So verbringen wir ein paar schöne Tage in La Rabita und ich versuche, möglichst nicht mehr an die Vergangenheit zu denken. Wir haben sogar Zuwachs bekommen, ein lieber, mittelgroßer, rotbrauner Mischlingshund hat sein Herz für uns, Muschel und ihr Futter entdeckt. Wir mögen ihn sehr gerne und nennen ihn der Einfachheit halber Pietro nach dem Besitzer der Cafe-Bar. Dennoch sind wir nicht unbedingt erfreut über seine Anhänglichkeit, da die Dosen Hundefutter aus dem Krämerladen schon ein ziemliches Loch in unsere magere Haushaltskasse gerissen haben und wir eigentlich Muschel notgedrungen auf Selbstversorger-Kost umstellen wollen. Bei uns bleibt immer ein Häppchen übrig und Muschel ist auch sehr findig im Besorgen von Essbarem, aber unser Neuzuwachs ist so abgemagert, dass wir nicht umhin kommen, ab und zu eine Dose „Happy Dog" beizusteuern.

Eines Abends sitzen wir hinten an den Felsen und schauen den Anglern zu. Auch jetzt habe ich aus Angst vor Diebstahl Johns Lederjacke nicht bei meinen übrigen Habseligkeiten an unserem Schlafplatz gelassen, sondern dabei und hinter mich auf einen Felsen gelegt, da es viel zu warm ist, sie anzuziehen. Ein paar junge Spanier kommen vorbei und betreiben ein wenig Konversation mit uns auf Spanisch und Englisch, so gut es eben geht. Wir freuen uns über den Kontakt zu den einheimischen Jugendlichen und erleben dabei einen spektakulären Sonnenuntergang. Als wir dann wieder gehen wollen, ist die Lederjacke weg! Nur noch der blanke, kahle Felsen prangt hinter mir, und auf dem Boden liegt sie auch nicht.

Das gibt es doch nicht! Einer von den Typen muss sie gestohlen haben, und zwar sehr raffiniert oder warum habe ich das nicht gemerkt? Die Jacke hat einen Meter hinter mir gelegen und ist schließlich nicht leicht zu verstecken. Auch Paul hat nichts bemerkt und Muschel wäre es wahrscheinlich nur aufgefallen, wenn in den Taschen noch diverse Leckerlis verborgen gewesen wären. Die Angler haben auch nichts gesehen und kennen nur einen von ihnen, nämlich einen Typ namens Pacco.

Es ist klar: Wenn wir jetzt nicht den Dieb erwischen, ist die Lederjacke verloren! Also eilen wir ins Dorf zurück und halten dabei Ausschau nach diesem Pacco, den wir eigentlich gar nicht kennen und anscheinend auch kein anderer. Doch bei Pietro erhalten

wir dann den heißen Tipp, in der Kneipe im Nachbardorf Feligota zu suchen, dem Treffpunkt von ihm und seinen Leuten.
Nach langem Hin und Her finden wir endlich einen jungen Mann mit einem Auto, der sich bereit erklärt, unter Begleitschutz seiner Freunde mit uns nach Feligota zu fahren und nach dem Typen zu suchen. Allerdings hat er nur ein sehr kleines Auto und will auf keinen Fall noch Muschel und den „Straßenköter" mitnehmen. So quetschen wir uns denn alle in sein Auto und fahren los, Muschel und Pietro laufen notgedrungen hinterher. Ich schaue besorgt zum Rückfenster hinaus, wo die Hunde immer kleiner werden und dränge den Fahrer, um Gottes Willen etwas langsamer zu fahren. Vor der Kneipe in Feligota machen wir endlich Halt, ein paar Gäste lungern draußen vor dem Eingang. Wir steigen aus und erkundigen uns nach Pacco, aber anscheinend ist er bis jetzt noch nicht da gewesen und eigentlich weiß keiner was. Mittlerweile treffen auch die Hunde mit weit heraushängenden Zungen ein und lassen sich völlig erschöpft neben dem Auto zu Boden fallen.
Es hat keinen Zweck, noch länger dort herumzufragen, also machen wir uns unverrichteter Dinge wieder auf den Heimweg, die Hunde hechten wieder

hinterher. Als die Armen uns endlich einholen, sind wir schon längst bei Pietro und genehmigen uns eine Runde, die den Umständen entsprechend eigentlich auf uns gehen müsste, aber netterweise von Pietro übernommen wird. Auch die Hunde, die sich völlig fertig und schwer hechelnd in die Ecke schmeißen, bekommen eine Schüssel Wasser. Dann machen wir uns auf den Heimweg.

Ich bin schwer enttäuscht, weil die ganze Aktion nichts gebracht hat. Die Jacke ist weg, ich weiß nicht, wie ich dass John erklären soll und ich habe nichts Warmes mehr zum Anziehen. Man erinnere sich: Im Vertrauen auf die Lederjacke hatte ich mich aller warmen Sachen aus dem Koffer entledigt, es ist Ende September und würde irgendwann, zumindest auf der Rückreise, verdammt kalt werden ohne Jacke. Ein Geschäft für Klamotten gibt es hier weit und breit nicht, geschweige denn, dass wir dafür so viel Geld übrig hätten.
Doch eine kleine Hoffnung gibt es noch. Irgendwer hat erzählt, dass dieser Pacco in der älteren Appartementanlage hinten an den Felsen wohnt. Also nehmen Paul und ich uns vor, am nächsten Tag dorthin zu gehen. Natürlich würde der Typ nicht vor seinem

Haus stehen und mit der Jacke winken und dann sagen, dass es ihm leid täte, aber eine andere Chance haben wir nicht.

So steigen wir am nächsten Mittag hinauf zu der Appartementanlage. Es sind ärmliche kleine Häuser, die oberhalb der Felsen aneinandergereiht liegen, ein paar magere Katzen streunen davor. Wir fragen uns durch, bis wir tatsächlich das Haus von Pacco finden. Eine dicke Signora mit zwei kleinen schmutzig braunen Kindern am Rockzipfel öffnet uns die Haustür. Wir verstehen nicht viel von dem spanischen Wortschwall, nur dass ihr Sohn nicht zu Hause ist, weil er in die Stadt sei, nach Granada, und dass er ihr viel Kummer bereite. Sie wolle ihn aber anrufen und sagen, dass er die Jacke wieder mit zurückbringen solle, wenn er sie denn hätte.

Wir bedanken uns, können ihr aber nicht so recht glauben und machen uns als letzten Versuch auf zur *Garda de Civil*, der spanischen Polizei seit dem Untergang von Francos Regime. Ein einsamer, schwitzender Polizeikommandant hält in La Rabita die Stellung und nimmt unsere Anzeige mit wenig Interesse und unter großen Verständigungsschwierigkeiten entgegen. Wahrscheinlich werden wir nie wieder etwas von der Sache hören.

Einer von den Spaniern, die mit uns nach Feligota gefahren waren, spielt Schlagzeug und probt mit ein paar jungen Leuten aus der Schweiz in einem Schuppen neben dem Haus seiner Eltern. Er hat uns zu einer Kostprobe ihres Könnens eingeladen, nachdem er erfahren hat, dass Paul Posaune spielt. So gehen wir am Abend dort hin, schon von weitem tönen uns unverkennbar die Klänge von Rockmusik entgegen.
Veronique, die Freundin von einem der beiden Musiker aus der französischen Schweiz, sitzt draußen vor dem Schuppen und ist froh über etwas Unterhaltung. Während Paul im Schuppen verschwindet, lasse ich mich neben Veronique nieder. Wir mögen uns auf Anhieb, und derweil aus dem Schuppen lautstark die Bässe dröhnen, verständigen wir uns in Englisch, so gut es geht. Sie sind aus Genf unterwegs und verbringen ihre Semesterferien hier zu multikulturellen Zwecken, weil sie mit dem einen Musiker aus La Rabita befreundet sind. Dazu haben sie ein Appartement für 3 Monate in dem neuen Hochhaus am Strand gemietet.
Nach der Probe kommt Paul hoch begeistert aus dem Schuppen und erklärt, dass wir kommendes Wochenende zu einem Musikfestival nach Granada, der Hauptstadt

Andalusiens, eingeladen wären und er auf jeden Fall dort mit hin fahren wolle. Und wenn ich Lust hätte, könne ich gerne mitkommen. Schöne Idee, nur was sollen wir bloß mit den Hunden machen? Muschel darf zwar mitkommen, aber Pietro, noch dazu ohne Halsband und Leine, ist einfach zuviel! Eigentlich können wir ihn uns eh nicht mehr leisten, unser Geld schmilzt langsam aber sicher dahin, und mit zurücknehmen können wir ihn sowieso nicht. Wir haben zwar bisher den Gedanken an eine Rückreise wohlweislich verdrängt, aber irgendwann würde der Zeitpunkt zwangsläufig kommen, und wenn nicht ein Wunder passiert, schon bald. Mit zwei Hunden und dem Gepäck im Schlepptau nach Hause zu trampen erscheint mir als völlig unmöglich.

Und dann wollen Veronique und ihr Freund doch nicht nach Granada mitfahren. Angeblich, weil sie keine Lust hätten. Aber ich vermute, dass sie aus Platzmangel wegen der Fahrt und geplanten Übernachtung bei einem Freund in Granada uns nur großzügigerweise den Vortritt überlassen wollen, auch wenn sie dieses vehement abstreiten. Somit bin ich hin und her gerissen und entscheide mich dann aber doch für Granada. Schließlich bekommt man so eine Gelegenheit nicht alle Tage.

Freitagmittag brechen wir auf, der Spanier fährt, der Schweizer sitzt vorne und Paul und ich mit Muschel hinten. Schweren Herzens lassen wir Pietro zurück, der das natürlich nicht versteht und sich prompt zu unserer Verfolgung aufmacht. Der Arme – mit welcher Ausdauer und Schnelligkeit er uns noch trotz seines abgemagerten Zustands folgen kann. Ich starre aus dem Rückfenster und sehe ihn mit der Zeit immer kleiner werden, während die Tränen mir das Gesicht herunter laufen. Das kann ja nur noch Scheiße werden, warum bin ich bloß nicht hier geblieben?
Mit jedem Kilometer wächst die Gewissheit, eine falsche Entscheidung getroffen zu haben. Armer Pietro, was er jetzt wohl machen würde? Am liebsten würde ich auf der Stelle umkehren, aber das traue ich mich natürlich nicht zu sagen. Stattdessen schaue ich aus dem Fenster und führe mir alle Gründe vor, warum es besser gewesen ist, mitzufahren. Die grandiose Landschaft der Sierra Nevada mit ihren in der Nachmittagssonne brütenden rotbraunen Bergen zieht derweil unbemerkt an mir vorbei.

So gelangen wir schon bald nach Granada, einer schönen Stadt mit einem breiten sonnigen Boulevard, großzügig angelegten Plätzen und viel Grün. Wir gehen zuerst mal in eine Café Bar, um den Typ zu treffen, bei dem wir unterkommen sollen und der ein Freund von dem Musiker aus La Rabita ist.

Die Café Bar ist groß, modern und überfüllt, eine Wolke aus Tabakqualm und spanischem Stimmengewirr hängt in der Luft und vermischt sich mit dem lauten Sound aus den Boxen. Man versteht sein eigenes Wort kaum, geschweige denn ein anderes, dafür sind die Preise mindestens doppelt so teuer wie in La Rabita. Und es gibt noch nicht mal ein *Tappa* zum Bier, diese köstliche Kleinigkeit wie eine Kartoffel in pikanter Soße, gebratene Fischchen oder eingelegte Oliven, die als kostenlose Beilage traditionell zu einem Bier oder Wein gereicht wird und uns so manches Mal das Abendessen erspart hat.

Aber alle scheinen sich gut zu amüsieren, nur Muschel hat Probleme ein Plätzchen zu finden und kauert sich ergeben unter den Tisch zwischen den vielen Füßen. Ich würde am liebsten gleich wieder gehen, ach wäre ich doch nur in La Rabita geblieben! Dann könnte ich jetzt gemütlich am Strand sitzen und Pietro wäre auch noch da.

Endlich machen wir uns auf zu der Wohnung unseres Gastgebers. Sie liegt in einem etwas

heruntergekommenen Mehrfamilienhaus am Stadtrand und beinhaltet ein Zimmer, Küche, Bad von bescheidenem Ausmaß und Ausstattung. In Anbetracht der Gästezahl von 4 Personen und einem Hund beweist der Wohnungsinhaber trotzdem seine Gastfreundschaft und holt ein paar Dosen Bier und eine Wassermelone aus dem Kühlschrank. Für Muschel habe ich vorsorglich eine Dose Happy Dog dabei.
Es wird viel über Musik geredet, in Englisch und Spanisch. Ich langweile mich, habe Hunger und bereue zu tiefst, überhaupt mitgefahren zu sein. Da das Festival erst am Samstag beginnt, entschließen sich die anderen zu einem Diskothekenbesuch. Ich gehe notgedrungen mit. Dort angekommen stellt sich heraus, dass Eintritt verlangt wird. Da Muschel eh draußen bleiben muss, hocke ich mich mit ihr vor den Eingang, die anderen wollen mal reingehen. Schon nach kurzer Zeit kommt Paul wieder raus und drückt mir ein Bier in die Hand. Auch die anderen folgen bald nach und spendieren mir noch ein Bier als Trost, bevor sie wieder in der Disco verschwinden. So geht das dann den restlichen Abend und lässt die Wartezeit einigermaßen erträglich herum bringen, wenngleich auch mein ziemlich leerer Magen nach jedem weiteren Bier rebelliert.

Irgendwann am nächsten Morgen wache ich mit einem dicken Brummschädel auf. Muschel scharwenzelt erfreut um mich herum, sie will natürlich „Gassi gehen". Ich sehe mich um: Die Sonne fällt in grellen Strahlen durch die Plastikjalousie und bescheint in regelmäßigen Streifen das Gewühl aus herumliegenden Sachen und schlafenden Personen auf einem undefinierbaren Teppich, der auch schon bessere Tage gesehen hat, sowie die von einer feinen Staubschicht überzogene Einrichtung.

Nein, hier will ich nicht länger bleiben, gleich jetzt würde ich nach La Rabita zurückfahren. Ich wecke Paul und teile ihm meinen Entschluss mit. Er versucht nicht, mich aufzuhalten und will aber auch nicht mitkommen, da ja erst heute das Festival begänne, weshalb wir eigentlich gekommen wären.

So mache ich mich mit Muschel alleine auf den Weg. Wir kommen besser voran, als ich dachte, als wir erst mal die Auto-Route zur Küste erreicht haben. Junges Mädchen mit Hund hat eindeutig bessere Chancen als junges Mädchen mit Hund und männlichen Begleiter. Eventuelle Anmachversuche der Fahrer werden sofort im Keim erstickt, wenn Muschel sich vorne zu meinen Füßen

zwängt, ihren Kopf in Richtung Kupplung platziert und mit wachen Augen jeder Handbewegung des Fahrers folgt.
Als wir dann endlich die Straße zur Küste hinabfahren und uns das blaue Meer wieder entgegenblitzt, atme ich erleichtert auf. Nur Pietro kann ich leider nirgends entdecken, er bleibt verschollen.

Zuerst schaue ich bei den Schweizern vorbei. Die grundgütige Veronique freut sich, mich zu sehen und meint, dass ich bis Pauls Rückkehr in jedem Fall bei ihnen bleiben müsse. Morgen wolle sie erst mal mit mir in ein Bergdorf, San Antonio, fahren, wo wir in einem Haus von Bekannten übernachten könnten. Ich schaue besorgt zu ihrem Freund Mario hin, was der wohl davon halten würde, aber der scheint ein emanzipierter, aufgeschlossener Spanier zu sein, der mit einem freundlichen Lächeln und ein paar netten Worten seine Zustimmung bekundet. Liegt es daran, dass er in der Schweiz lebt? Ich fange an, mich zu entspannen.
Und als hätte Veronique meinen Magen knurren gehört, macht sie sich daran, herrliche *Tortillas* zu backen. Dazu gibt es selbstgemachtes Aprikosenkompott, welches sie extra in einem großen Einmachglas von zu Hause aus der Schweiz mitgebracht hatte

und das selbst bei unserem Trip in die Berge nicht fehlen sollte.
Als konsequente Vegetarierin scheut Veronique keine Mühe einer vortrefflichen Esskultur, wie ich immer wieder bewundernd feststellen soll. Dankbar nehme ich die heiße fettige *Tortilla* entgegen und bedecke sie mit dem köstlichen Mus. Auch Muschel geht nicht leer aus und bekommt von Veronique eine kleine Dose Katzenfutter, die eigentlich für die wilden Katzen bestimmt war, die ihr ärmliches Dasein rund um das Appartementhaus fristen.
Und dann kann ich mich endlich erschöpft in meinen Schlafsack kuscheln und dem Meeresrauschen lauschen, während die Gedanken durch meinen Kopf wandern. Natürlich fahre ich gerne mit Veronique in dieses Dorf, doch es darf mich nichts kosten, denn in meiner Reisekasse ist große Ebbe angesagt. Und ich möchte nicht ständig anderen auf der Tasche liegen.

Veronique lässt sich von ihrem Vorhaben nicht abhalten und so sind wir am nächsten Tag per Anhalter nach San Antonio unterwegs. Selbst zwei Frauen und ein Hund scheint kein Problem zu sein, denn als bald hält ein Auto und nimmt uns mit bis zur Abbiegung nach San Antonio, den Rest schaffen wir zu Fuß. Es ist gerade die Zeit der Mandelernte, überall sind die Bauern mit ihren Eseln in den Bergen unterwegs und auf den Dorfplätzen sind die Mandeln in großen Haufen zum Trocknen ausgelegt. Die Straße nach San Antonio endet auf dem kleinen Marktplatz, weiter geht es nur auf schmalen Pfaden, gerade für einen Esel breit genug.

In einem winzigen Dorfladen holen wir uns die Hausschlüssel, die der Besitzer dort hinterlegt hat. Bei der betagten Inhaberin ersteht Veronique noch frischen Spinat, Käse, eine Flasche Wein und Brot. Ich staune über das vielfältige Sortiment und den modernen Taschenrechner, mit dessen Hilfe dann der Einkauf abgerechnet wird. Zu meinem Leidwesen kann ich wieder einmal nichts zu diesem Essen beisteuern, doch Veronique versichert mir, dass dies so absolut okay wäre.

Es ist ein *Casa Blanca*, in dem wir unterkommen dürfen, mit schönen, alten Marmorböden, frisch gekalkten Wänden, einem offenen Kamin, alten Möbeln, bunten Teppichen und einer bezaubernden Dachterrasse. Ich bin einfach hin und weg und finde es sehr großzügig von den Besitzern, dieses schöne Haus auch anderen zu überlassen und das noch kostenlos, oder vielleicht doch nicht? Jedenfalls wundere ich mich über die Beziehungen, die mein Schutzengel überall zu haben scheint.

Unter Veroniques Anleitung bereiten wir einen einfachen aber köstlichen Spinatauflauf, trinken dazu den herben andalusischen Wein und quatschen eine Menge Zeug, so fern die Sprachkenntnisse es hergeben. Ich erzähle ihr sogar von Grete, vorsichtig und nur in Fragmenten, aber es tut gut, endlich einmal darüber zu sprechen, zum ersten Mal seit ihrem Tod. Obwohl Veronique viel Mitgefühl zeigt, erfahre ich das, was mir eigentlich schon vorher klar war, nämlich dass kein Mensch, der es nicht selber erlebt hat, diesen Schmerz ermessen und erst recht keiner ihn heilen kann.
Auf der Dachterrasse unter dem Duft von Basilikum, Zitronenmelisse und Geranien nehmen wir unser wunderbares Mahl ein, mit Blick auf die Berge und der untergehenden Sonne. Ach könnte es doch immer so bleiben und hätte es doch nie etwas anderes gegeben!

Zurück am Strand von La Rabita finde ich am nächsten Tag eine nagelneue, große Flasche Nivea Milch, als wir zusammen daher kommen. Ganz beglückt fische ich sie aus dem Sand mit einem fragenden Blick zu

Veronique, die mir versichert, dass ich dieses Fundstück auf jeden Fall behalten könne. In Ermangelung jeglicher Pflegeprodukte kommt mir dies gerade recht, denn meine Haut ist von der vielen Sonne und dem Salzwasser trocken und schuppig geworden.
Ich stecke sie ein und kann irgendwie doch nicht so recht an diesen Zufall glauben. Denn es ist Nachsaison und der Strand ziemlich leer und diese große blaue Flasche weithin sichtbar. Eigentlich ist es ziemlich unwahrscheinlich, dass ein Badegast sie verloren haben könnte und wenn doch hätte sie bestimmt schon jemand anderes gefunden. Viel wahrscheinlicher hat Veronique die Nivea Milch kurz vorher dort hingelegt, damit ich sie finde, denn als Geschenk hätte ich sie nicht angenommen, wie sie wohl weiß.
Ich frage vorsichtig nach, doch sie verneint ganz entrüstet. Süß von ihr, aber ich glaube ihr trotzdem nicht, zu offensichtlich ist die Sachlage und vor allem – warum sollte ich so ein großes Glück haben?

Die spanische Rechtsordnung

Es ist Oktober geworden, um genau zu sein der zwölfte, mein Geburtstag. Paul und ich sitzen vor dem Café unter den Platanen, der kühle Herbstwind rauscht schon mächtig und wirbelt die bunten Blätter zu Boden. Meine Stimmung ist auf dem Tiefpunkt angekommen, denn ich bin absolut pleite, also heißt es heimfahren und das zum Null-Tarif. Ich friere jetzt schon in meinem dünnen T-Shirt und denke mit Wehmut an die warmen Sachen, die ich damals zurückgelassen hatte und an Johns schöne dicke Lederjacke, die jetzt wahrscheinlich einen Dieb namens Pacco wärmt.
Ach John! Er hat nicht ein Mal auf meine Briefe geantwortet, die ich anfangs schrieb unter der Adresse des Tabakladens, wo wir immer unseren Tabak und Zigaretten kaufen. Viele Male habe ich dort bei der netten Frau vergeblich nach Post gefragt und inzwischen die Hoffnung aufgegeben, dass John an meiner Rückkehr überhaupt irgendetwas liegt. Es ist ihm wahrscheinlich auch egal, was aus mir wird, vielleicht wäre es ihm sogar lieber, wenn ich gar nicht zurückkäme. *Lost in Spain* sozusagen, und das Problem wäre gelöst. Ich würde ihm ja gerne den

Gefallen tun, doch eine Arbeitsstelle hat sich bisher nicht geboten, auch kein reicher Mann und Betteln kommt nicht in Frage. Bleibt nur noch in Luft auflösen, aber wie? Denn einfach sterben geht auch nicht, das hatte ich schon ausprobiert.

Paul nippt derweil an seinem Kaffee, die Tasse dabei zwischen Kinn und rechtem Armstumpf balancierend, und ich schäme mich wieder einmal ob meiner Undankbarkeit. Denn wie gut geht es mir doch eigentlich gemessen an anderen?

Tiefsinnig rühre ich in meiner Kaffeetasse, als mir von hinten plötzlich jemand auf die Schulter klopft. Ein Mann der *Garda de Civil* steht hinter mir und fragt, ob ich Emma Blau wäre. Oh Gott – das war also das Ende, jetzt werde ich verhaftet und das an meinem Geburtstag!

Ich bringe nur ein klägliches „*Si*" heraus, worauf er mir freudestrahlend die Lederjacke umhängt, die er bisher hinter seinem Rücken versteckt gehalten hat. Das gibt es doch gar nicht! Ich kann es nicht glauben, aber über meinen Schultern hängt tatsächlich Johns Lederjacke, unversehrt und als wenn sie nie weg gewesen wäre.

Ein Wunder ist geschehen! Tränen der Erleichterung und Freude bahnen sich ihren Weg, am liebsten wäre ich dem Polizisten um den Hals gefallen. Stattdessen schüttele ich diesem „Engel" nur überschwänglich die Hand und stammele dabei immer wieder mein *„Gracias"*.

Auf welch seltsamen Wegen die Jacke zu mir zurück gefunden hat, ist mir schleierhaft, aber egal. Jedenfalls scheint der Arm der spanischen Polizei doch sehr lang zu sein. Ich bin regelrecht überwältigt von diesem Glücksfall und das auch noch genau an meinem Geburtstag!

Später treffen wir dann Veronique und ihre Freunde am Strand. Und da bekomme ich sogar noch ein Geschenk überreicht: Einen Busfahrschein für die Strecke La Rabita bis Barcelona. Obwohl ich ja eigentlich gar nicht zurück will, bin ich zutiefst gerührt und dankbar. Sie hatten alle zusammengelegt, um mir das Ticket für die Rückfahrt mit dem Bus zu schenken.

Paul fährt auch mit zurück bis Barcelona, ab da muss ich mich allerdings alleine mit Muschel durchschlagen, da er noch das Baskenland erkunden und eine Frau besuchen will, die er auf dem Festival in Granada kennen gelernt hatte.

Der Bus fährt diese Strecke ein Mal die Woche und braucht dazu die ganze Nacht. Nächster Abfahrtstermin ist übermorgen

Abend, 20.00 Uhr auf dem Dorfplatz von La Rabita. Eindeutiger können die Zeichen zum Aufbruch nicht sein.
Aber jetzt gehen wir erst mal zu Pietro, meine Freunde wollen einen auf meinen Geburtstag und unseren bevorstehenden Abschied ausgeben.

Dann ist es so weit: Der Tag der Abreise ist gekommen. Leider ist wieder schönstes Mittelmeerwetter und der Herbst scheint weit. Schweren Herzens nehmen wir ein letztes Bad im immer noch angenehm warmen Meer und packen dann unsere Sachen. Ich habe das Gefühl, in die Höhle des Löwen zurückzukehren: kein Geld, keine Arbeit, der Winter vor der Tür und wahrscheinlich ein Rausschmiss durch John, der sich bislang noch kein einziges Mal gemuckst hatte. Und dann stehen da noch diese Kommode mit den Babysachen und die Wiege mit den schönen Kissen und der Spieluhr und dem Mobile ...
In bedrückter Stimmung verlassen wir unseren Traumstrand, ausgerüstet wieder mit Koffer, Rucksack und Schlafsäcken. Nur Muschel ist wie immer guter Dinge, sie läuft freudig voraus und ahnt nichts von den bevorstehenden Mühen.

Am Tabakladen machen wir halt, ich will mir vor der Fahrt von meinen allerletzten Peseten noch Tabak und Blättchen kaufen. Ich bin schon fast aus dem Laden wieder draußen, da ruft mich die Frau noch einmal zurück und reicht mir mit einem breiten Lächeln einen Brief über die Ladentheke. Oh je, der kann nur von John sein! In letzter Minute hat er seinen Weg zu mir gefunden, das kann eigentlich nur Gutes bedeuten. Mit innigen Dankesworten nehme ich ihn entgegen und halte ihn draußen in freudiger Erregung Paul unter die Nase, dann öffne ich ihn mit zitternden Fingern.

Seine Worte kommen einer Liebeserklärung gleich: John vermisst mich, er muss ständig an mich denken und fühlt sich sehr einsam ohne mich. Wenn ich wolle, könne ich gerne wieder nach Hause kommen.

„Nach Hause kommen" – das ist es, worauf ich gewartet habe. Nun kann ich mich beruhigten Herzens auf den Weg machen, denn ich habe ein Ziel und werde erwartet. Gerne hätte ich ihm direkt geantwortet, aber erstens mal ist jetzt keine Zeit mehr dafür und zweitens würde ein Brief wahrscheinlich auch nicht vor mir eintreffen.

Der ganze Dorfplatz ist bevölkert, als der Bus endlich eintrifft, da jeder Reisende

mindestens fünf Leute dabei hat, die ihn verabschieden. Auch wir werden von unseren Freunden begleitet und mit guten Ratschlägen versorgt. Als ich dann mit Muschel einsteigen will, schüttelt der Busfahrer den Kopf und bedeutet mir, dass der Hund nicht mitfahren dürfe. Das kann doch nicht wahr sein, was ist das denn für eine bescheuerte Bestimmung?
Eine wilde Diskussion kommt in Gang, mit vereinten Kräften versuchen wir, den Busfahrer umzustimmen, aber es ist nichts zu machen. Nach dem spanischen Gesetz ist die Teilnahme eines Hundes am öffentlichen Personenverkehr verboten. Und er müsse jetzt auch losfahren, sonst könne er nicht seinen Fahrplan einhalten.
Ohne Muschel würde ich nicht fahren, auf gar keinen Fall! Während unsere Freunde noch ihre letzten Überredungskünste anwenden, bin ich mittlerweile völlig verzweifelt. Muschel steht mit hängenden Ohren und eingeklemmten Schwanz dabei, als würde sie alles verstehen. Allmählich werden die anderen Passagiere, die noch hinter uns in der Schlange auf Einlass warten, ungeduldig und machen ihrem Unmut lautstark Luft.
Gott sei Dank ergreifen sie Partei für mich und Muschel, und bald ist der gesamte Dorfplatz in Aufruhr und alle Anwesenden

reden auf den Busfahrer ein. Der Abendhimmel senkt sich mittlerweile über La Rabita, als der Busfahrer irgendwann einlenkt und das Zugeständnis macht, dass der Hund im Gepäckraum mitfahren dürfe, er müsse aber angeleint werden. Alle Umstehenden klatschen ob dieser guten Lösung und ich gebe mich geschlagen.

Der Busfahrer öffnet die Klappe zum dunklen und stickigen Bauch des Busses, wo die Mitreisenden ihr Gepäck verstauen. Ein paar Käfige mit Hühnern, die nun ängstlich gackern, sind auch schon drin, deshalb muss Muschel auch angeleint werden. Sie sieht mich mit ihren klugen, treuen Augen fragend an. Oh Gott – 14 Stunden in diesem Gefängnis, das kann ich ihr nicht antun.

Über Veronique verhandele ich nochmals mit dem Busfahrer und erreiche, dass er während der zweimaligen Pause das Gepäckfach öffnet, damit ich Muschel kurz herausholen kann. Also bedeute ich ihr, hineinzuspringen, was sie auch Gottergeben tut. Sie legt sich neben meinen Koffer, ich binde sie an, spreche ihr noch mal gut zu, und dann wird die Klappe geschlossen. Arme Muschel! Unter großem Beifall aller Beteiligten können wir so endlich mit immenser Verspätung die Reise starten, ich lasse mich erschöpft neben Paul in meinen Sitz sinken.

Die Fahrt verläuft gut. Ich mache mir zwar große Sorgen um Muschel und kann deshalb nicht schlafen wie Paul, lerne dafür aber auch einen netten Spanier kennen, der hinter mir sitzt. Er hat ein paar Jahre in Köln gearbeitet und kann dadurch ein wenig deutsch. Als er nach einiger Zeit ein immenses Lunchpaket auspackt und mir eine Stulle anbietet, nehme ich gerne an, da Paul und ich nichts dabei haben. Ich bekomme sogar noch eine Stulle für Muschel ab, die ich für unseren ersten Halt aufhebe.
Als der Busfahrer dann endlich an einer Raststätte hält und die Klappe öffnet, finde ich Muschel und auch die Hühner wohl auf. Erleichtert springt Muschel ins Freie, mit zwei Bissen ist die Stulle verschwunden, dann führe ich sie etwas Gassi und gebe ihr auf der Toilette am Waschbecken zu trinken, danach muss sie wieder in den Gepäckraum, da wir weiter fahren.
Wir haben unsere Verspätung wieder aufgeholt und kommen fahrplanmäßig am nächsten Morgen am Bahnhof von Barcelona an. Froh nehme ich Muschel entgegen, die sich mit einem kräftigen Schütteln von allen

Strapazen befreit, als sie aus dem Gepäckfach des Busses herausgelassen wird.

Von hier aus sollen sich unsere Wege trennen. Paul will ins Baskenland, der Spanier bleibt in Barcelona und ich mache mich mit Muschel auf weiter heimwärts, was so viel heißt wie über die Grenze nach Südfrankreich und dann Richtung Norden. Noch im Bus hat mich unser großzügiger Nachbar davon überzeugt, bis zur Grenze nach Portbou lieber mit dem Zug zu fahren, und hat mir dafür sogar ein paar Pesos geschenkt. Diese reichen zwar nicht für eine Fahrkarte nach Portbou, wie ich am Schalter feststelle, aber zumindest für einen Teil der Strecke.
Bis zur Abfahrt meines Zuges ist noch etwas Zeit, und so lädt mich Paul zum Kaffee ein. Wir setzten uns vor ein Café am Bahnhofsplatz in die Morgensonne und bestellen einen Milchkaffe und so was ähnliches wie *Croissants*. Muschel hat die Fahrt anscheinend gut überstanden und verspeist nun neben mir genüsslich eines der Hörnchen.
Ich sehe mich um: Anstatt des Meeres mit seinem sanften Rauschen brandet nun eine laute hektische Geschäftigkeit vor uns, und die frische Meeresbrise wurde durch

stinkende Auspuffgase abgelöst. An einer Straße, die in die Altstadt führt, sehe ich einen völlig heruntergekommenen, jungen Typ mit irrem Blick, der eine alte, schimmelige Hauswand mit seinen Fingernägeln abkratzt und sich dieses in den Mund schiebt. Das ist ja ekelhaft, hat der Typ sonst nichts zu essen oder ist er verrückt? Paul meint, der wäre bestimmt auf Drogen oder so. Egal, auf mich macht Barcelona nicht gerade einen einladenden Eindruck.

Wir stehen auf dem Bahnsteig ganz hinten. Ich umarme Paul noch einmal und steige dann schnell mit Muschel ein, denn ich muss aufpassen, dass keiner, vor allem nicht der Schaffner, den Hund bemerkt; denn auch der Zug ist ein öffentliches Verkehrsmittel, in dem keine Tiere mitfahren dürfen. Ich suche uns ein leeres Abteil, gebiete Muschel, sich unter den Sitz zu quetschen, erkläre ihr den Ernst der Lage und stelle den Koffer davor.
Geschafft! Jetzt kann ich nur noch hoffen, dass wir alleine bleiben. Erleichtert öffne ich das Fenster und halte nach Paul Ausschau. Noch ein paar Abschiedsworte, und schon fahren wir los. Wehmütig winke ich, bis dass er in der Ferne immer kleiner wird.
Es ist ein heißer, schwüler, spanischer Herbsttag geworden. Im Abteil ist es stickig,

schon nach kurzer Zeit bricht mir der Schweiß aus. Mir tut Muschel leid, die eingeklemmt unter den Sitzen ausharren muss. Aber sie muckst sich nicht, auch nicht als der Schaffner kommt. Der knipst mein Ticket ab, weist mich freundlicherweise darauf hin, dass es nur bis Sant Feliu gültig ist und verschwindet wieder.

Ich atme auf und überlege gerade, ob ich es wagen kann, Muschel für einen Moment zum Luftschnappen hervorzuholen, als die Tür wieder aufgeht und drei junge Spanier hereinkommen. Sie haben gerade Platz genommen und sind noch mit der vorsichtigen Taxierung meiner Person und meines Koffers beschäftigt, als es unter meinem Sitz rumort und seltsame Geräusche hervordringen. Ich kann diese natürlich problemlos einordnen: Muschel hat sich kratzen müssen und sucht nun eine bequemere Lage.

Besorgt wage ich einen Blick zu meinen Mitreisenden, die mich fragend anschauen. Ich versuche ein unschuldiges Lächeln und hoffe inständig, dass Muschel nun keinen Ton mehr von sich gibt. Doch weit gefehlt, Muschel scheint nun endlich die Geduld verloren zu haben und krabbelt entschlossen hinter dem Koffer hervor. Mit einem kräftigen Schütteln wirft sie alle Hemmnisse

von sich und legt sich dann mit einem Seufzer zu meinen Füßen nieder.
Oh je, das war's dann wohl! Aber während ich noch sprachlos verharre, brechen die spanischen Jungs in einen Lachanfall aus, was ich als gutes Zeichen werte. Und tatsächlich, sie bedeuten mir mit ein paar Brocken Englisch, dass der Hund von ihnen aus ruhig draußen bleiben könne. So kommen wir ins Gespräch, und kurz bevor ich aussteigen muss, schenken sie mir sogar noch ein paar Pesos für die Weiterfahrt.

In Sant Feliu steige ich also ganz folgsam mit Muschel aus, denn ich möchte keine Konfrontation mit dem Schaffner riskieren. Es gibt dort einen staubigen Bahnsteig und einen winzigen Bahnhof mit einem Schalter. Schnell stelle ich fest, dass meine Pesos nicht für eine Fahrkarte reichen. Also würden wir unser Glück mit Schwarz fahren probieren und die Pesos für die nächste Mahlzeit aufheben, entscheide ich mutig.
Der nächste Zug soll in einer Stunde kommen. So kann Muschel erst einmal in Ruhe ihr Geschäft erledigen, dann erfrischen wir uns auf der Bahnhofstoilette und warten den Rest der Zeit im Schatten eines großen Baumes am Ende des Bahnsteigs.

Als der Zug endlich kommt, passe ich genau auf, wo der Schaffner aussteigt und nutzte dann einen günstigen Moment, um mit Muschel und dem Koffer unauffällig hineinzuschlüpfen und mich ins hintere Ende des Zuges in ein noch vollkommen leeres Großraumabteil zu verkrümeln. Schnell muss Muschel wieder unter dem Sitz verschwinden, während ich mit bangem Herzen dasitze und die Tür im Auge behalte. Aber es kommen nur ein paar junge Typen, die auch Schwarz fahren, wie sie mir anvertrauen, und sich keinerlei Sorgen machen, da der Schaffner bis hier hinten hin sowieso nie kommen würde.

Tatsächlich treffen wir unbehelligt in Portbou ein und steigen aus. Der Bahnhof liegt etwas außerhalb, wie ich feststellen muss. So machen wir uns in der grellen Nachmittagssonne auf den Weg ins Dorf, welches am Meer liegen soll; ich mit dem großen Koffer, der immer schwerer wird, und Muschel mit heraushängender Zunge. Nach der anstrengenden Reise will ich uns am Strand ein ruhiges Plätzchen für die Übernachtung suchen, vielleicht noch ein erfrischendes Bad nehmen und mir dann in einer Café-Bar ein kühles Bier und ein *Tappa* genehmigen, dafür würden die paar Pesos schon reichen.

Doch als wir nach einer halben Stunde völlig erschöpft den Ort erreichen, gibt es dort nur einen kleinen Hafen eingebettet in Felsenbuchten, ein paar Restaurants, Bistros und die Häuser des Ortes. Eine malerische Kulisse, zweifelsohne, doch kein Platz zum Schlafen weit und breit. Aber egal, dann würden wir halt erst mal was essen gehen, mein Magen knurrt mittlerweile gewaltig und Muschels bestimmt auch.

Die ausgehängten Speisekarten mit ihren Preisen überzeugen mich schnell, dass die Côte d'Azur nicht mehr weit ist und man hier den schönen Brauch des Biers mit einem *Tappa* auch nicht zu kennen scheint. Mein Geld reicht gerade mal für ein Sandwich zum Mitnehmen und anstatt des kühlen Bieres nehmen wir einen Schluck lauwarmes Wasser aus dem Kran von der Damentoilette.

Dann gehen wir die paar Meter zum Kai, niedergeschlagen nehme ich auf meinem Koffer Platz, teile mit Muschel das Sandwich und betrachte beim Essen das Panorama: Weiße Yachten dümpeln im blauen Wasser des Hafens, dazwischen als Farbtupfer einige wenige kleine, bunte Fischerbötchen; vor den einladenden Bistros sitzen schick gekleidete Touristen und essen gutgelaunt himmlisch anmutende Speisen mit nicht weniger köstlichen Getränken dazu. Diese Sorglosigkeit ist schwer mit anzusehen, wenn einem selber der Magen knurrt und man nicht weiß, wie es weitergehen soll.

Ne, hier können wir nicht bleiben, so viel ist klar. Dann lieber weiter in Richtung Heimat, was so viel heißt wie an der Küste entlang bis nach Marseille, dann quer hoch durch Frankreich über Lyons nach Strasbourg und weiter über Frankfurt in den Wald.

Ich sehe mich um: Vom Hafen führt eine Landstraße aus dem Ort hinaus und windet sich die Klippen hinauf zur rechten Küste, dass müsste die Richtung Marseille sein. Okay, dann würden wir uns jetzt an die Straße stellen und trampen. Aber allein der Weg bis zur Straße erscheint mir unendlich weit mit leerem Magen und vollem Koffer – wie sollen wir es dann bloß noch bis Oedingen schaffen?

Die französische Lebensart

Es ist jetzt später Nachmittag, ich sitze auf meinem Koffer an der Straße und stehe nur auf, wenn ein Auto in Sicht kommt. Muschel hat es sich daneben bequem gemacht, nach den letzten Strapazen braucht sie wohl erst mal eine Mütze voll Schlaf. Ich stelle mich schon seelisch auf eine Nacht im Graben der Landstraße ein, als auf einmal eine vorbeifahrende „Ente" ein Stück weiter anhält. Ich laufe hin, ein junges Mädchen sitzt am Steuer und will uns doch tatsächlich mitnehmen. Sie ist zwar auf dem Weg in ein Dorf in den Bergen, kann uns aber bis zur Küstenstraße hin mitnehmen. Auch gut, denke ich, Hauptsache weiter, und hole Muschel und den Koffer.
Das Mädchen entpuppt sich als eine sehr nette französische Studentin, die auf Besuch zu ihrer Mutter ist. Da sie auch noch ein wenig englisch und deutsch kann, kommen wir schnell in ein Gespräch, während uns der Fahrtwind durch das geöffnete Dach um die Nase weht. Als sie von meiner misslichen Lage erfährt, schlägt sie großmütig vor, mit zu ihr nach Hause zu kommen und dort zu übernachten.

Oh – welch ein unerwartet großzügiges Angebot, wäre es unverschämt, es anzunehmen? Wir würden dann wieder von der Küstenstraße abkommen, aber die Aussicht auf eine Nacht an der Straße ohne Essen und Trinken ist auch nicht verlockend. Und da Muschel ebenfalls willkommen scheint, nehme ich dankend an. Als wir von der Küstenstraße abbiegen in Richtung Berge, werden diese gerade von der untergehenden Sonne in rotes Licht getaucht, es erinnert mich ein bisschen an die Silhouette von St. Katharinen.

Verständlicherweise ist die Mutter von dem Mädchen dann doch nicht so begeistert über die unangemeldeten Mitbringsel ihrer Tochter am Abend. Denn schließlich bin ich eine Fremde, von der Straße aufgelesen, sehe dementsprechend mitgenommen aus, und habe nebst einem alten demolierten Koffer auch noch einen ziemlich großen angestaubten Hund dabei. Trotzdem verhält sie sich doch sehr gastfreundlich. Ich bekomme das Gästezimmer im Keller und darf sogar eine Dusche nehmen, während Mutter und Tochter einen herrlichen Gemüseauflauf zubereiten. Auch sie sind Vegetarier wie Veronique, dies scheinen wohl besonders hilfsbereite Menschen zu

sein. Überhaupt scheinen mir Frauen viel Glück zu bringen, wenn man mal von besagter Hebamme absieht.
Der Auflauf wird mit einer Flasche Rotwein an dem schönen Holztisch im Wohnzimmer serviert und sogar Muschel bekommt etwas ab. Dankbar versuche ich eine nette Konversation beim Essen, was sich aber schwierig gestaltet, da die Mutter nur französisch spricht. Deshalb empfehle ich mich schon bald, ich will nicht weiter stören und bin auch hundemüde.

Am Morgen bin ich schon früh wieder wach und beschließe, mich auch direkt auf den Weg zu machen. Die Tochter schläft noch, aber die Mutter ist schon auf und gibt mir den Tipp mit auf den Weg, doch den Bus bis zur Küstenstraße runter zu nehmen. Ich sage ihr nicht, dass ich kein Geld habe, schon gar keine Franc. Im Seitenfach meines Brustbeutels steckt zwar noch ein Zwanzig-Mark-Schein für den absoluten Notfall, aber der ist bis jetzt Gott sei Dank noch nicht eingetreten.
Ich bedanke mich vielmals, richte schöne Grüße an die Tochter aus und gehe mit Muschel Richtung Dorfausgang, um zu trampen. Es ist ein schönes Dorf mit gemütlichen alten Häusern und einem

kleinen Dorfplatz, wo gerade Markt ist. Hausfrauen stehen plaudernd vor den bunten Ständen, an denen Gemüse, Blumen, Schafs- und Ziegenkäse und anderes feilgeboten wird. Vor einem Bistro sitzen ein paar ältere Männer und trinken ihren Café. Welch ein glückliches Leben, denke ich wehmütig, was war nur bloß mit meinem eigenen passiert?

Wir stehen noch nicht lange an der Straße, da werden wir schon mitgenommen, und auf der Küstenstraße wieder angelangt hält auch schon nach kurzer Zeit ein Lastwagen mit zwei Franzosen darin. Sie wollen zwar auf die Autobahn, aber dennoch wäre es ungefähr meine Richtung, meinen sie. Aufkeimende Bedenken wegen der zwei Männer zerstreue ich, da ich ja Muschel dabei habe. So steigen wir ein, ich nehme vorne in der Mitte Platz, Muschel zu meinen Füßen. Die beiden Männer sind gut drauf, erzählen viel, wovon ich so gut wie nichts verstehe, haben aber wohl beide eine Familie, was mich sehr beruhigt. Einer kann ein paar Brocken englisch und meint, dass es viel zu gefährlich wäre, als Mädchen alleine zu trampen, was mich wiederum sehr beunruhigt. Ist dies die harmlose Ankündigung einer Gräueltat?

Wo ich denn her käme, und ob ich mir nicht von meinen Eltern Geld schicken lassen könne, wollen sie wissen. Ich hätte nur noch wenig Kontakt zu meinen Eltern, erwidere ich einsilbig. Wieder einmal erscheint es mir unmöglich, meine Situation zu erklären – schon gar nicht in Französisch. Aber die Männer fragen nicht weiter nach, stecken sich nur eine weitere *Gauloises* an und konzentrieren sich wieder auf die Straße.

Gegen Mittag fahren wir auf eine Raststätte. Ich will mit Muschel draußen warten, aber die Männer bestehen darauf, dass wir mit reinkommen, ich wäre eingeladen. Das ist unglaublich, denke ich. Während ich noch überlege, ob ich dieses wunderbare Angebot wirklich annehmen kann, bedeuten die Männer mir energisch, ihnen zu folgen. Eigentlich habe ich nun eine Portion Kartoffelsalat mit Würstchen und vielleicht noch ein Bier erwartet oder so etwas, aber weit gefehlt. Wir sind in Südfrankreich, und hier speisen anscheinend selbst die Fernfahrer wie die Götter.
Freudig werden wir vom Wirt und ein paar anderen Männern an der Theke begrüßt und sofort mit einem *Pastis* als Aperitif versorgt. Es scheint hier das Stammlokal meiner Gastgeber zu sein und macht einen einfachen

aber sehr ansprechenden Eindruck. Das Mobiliar ist aus Holz, durch die Fenster fällt Sonne herein und lässt die in weiß eingedeckten Tische strahlen und meine Bedenken schmelzen. Hier werden bestimmt keine Mädchen verschleppt oder Salmonellen verteilt, es ist die schönste Raststätte, die ich je gesehen habe.
Wir nehmen Platz, Muschel schlüpft unter den Tisch. Hurtig springt der Wirt herbei und bringt eine gläserne Karaffe mit Rotwein und eine mit Wasser. Sie bieten mir an, die verschiedenen Gläser werden gefüllt, das Licht spiegelt sich in ihnen und zaubert Reflexe auf das weiße Tischtuch. Und schon steht eine Vorspeisenplatte mit wunderbarem Schinken und Pastete vor uns, dazu ein Korb mit frischem Baguette. Ganz klar – hier muss das Paradies sein! Mir läuft so sehr das Wasser im Munde zusammen, dass ich nur nicken kann, als die Männer mich zum Zugreifen ermuntern.
Doch arme Muschel, sie liegt unter dem Tischtuch verborgen und hat aber bestimmt ebenso Kohldampf wie ich. Verstohlen reiche ich ihr ein Stück Brot mit Pastete hinunter, aber die Männer bekommen es trotzdem mit und meinen, dass der Wirt uns nachher ein paar Reste für den Hund einpacken würde, die ich ihm dann draußen geben könne.

So ein Glück – ich kann es kaum fassen. Aber während ich noch darüber sinniere, wo der Haken an der Sache ist und ob ich das opulente Mahl vielleicht mit anschließenden Liebesdiensten würde abarbeiten müssen, wird erst mal der Hauptgang serviert. Ein Lamm-Ragout mit gebackenen Kartoffeln, das würde teuer werden, denke ich mir. Zum Nachtisch gibt es noch eine Art Pudding gefolgt von einer kleinen Käseplatte, die ich aber wirklich nicht mehr in Anspruch nehmen möchte. Denn ich weiß natürlich nicht, dass dies alles in einem normalen französischen Menue enthalten ist und bis auf die Getränke in einem Preis abgerechnet wird. Den Abschluss bildet der Espresso, auf den ich auch verzichte.

Das Ganze hat dann doch trotz prompter Bedienung circa 2 Stunden gedauert und mich vollständig von der französischen Lebensart überzeugt. Auch Muschel würde nicht wie ein Hund leben müssen, der Wirt hat uns reichliche Fleischreste eingepackt. Alles in allem also ein voller Erfolg. Auf meine besorgte Nachfrage hin, dass das Essen wohl sehr teuer gewesen sein müsse, lachen die Männer nur und meinen, so würden sie immer essen. Ich bin beruhigt und in bester Laune machen wir uns wieder auf den Weg.

Bevor wir an die Abzweigung hoch nach Lyons kommen, habe ich vor auszusteigen, denn ich möchte nicht an der Autobahn übernachten müssen. Anstatt dessen will ich lieber wieder runter zur kleineren Küstenstraße und mir dort am Strand einen Schlafplatz suchen. Am nächsten Tag könnte ich dann weitertrampen Richtung Marseille. Doch die Männer meinen, sie hätten schon lange mal wieder im Meer schwimmen wollen und würden mich deshalb bis an die Küste bringen, das wäre kein großer Umweg. Jetzt, durchfährt es mich heiß, jetzt wollen sie endlich ihre Belohnung haben. Als wenn ein Fernfahrer nach einem zweistündigen Mittagsmahl noch Zeit für einen Umweg fände, nur um einmal im Meer schwimmen zu gehen. Beklommen nehme ich ihr Angebot an und sitze nun in banger Erwartung zwischen den beiden, streichele Muschels Kopf und überlege, was ich tun könnte.

Als wir das Meer erreichen, halten wir auf dem nächsten Parkplatz. Die Männer steigen aus, schauen sich etwas um und erklären mir dann, dass sie nun weiter müssen, es sei schon spät. Ungläubig wage ich einen Blick, der von ihnen mit einem Lächeln erwidert wird. Okay, ich schnappe mir meinen Koffer und springe mit Muschel aus dem

Fahrerhaus. Ich solle gut auf mich aufpassen, meinen sie zum Abschied noch. Überwältigt von Erleichterung und Dankbarkeit bekomme ich nur ein „*Merci beaucoup*" heraus und schon brummen sie von dannen.
Verdutzt starre ich ihnen hinterher und habe das Gefühl, ihnen sehr Unrecht getan zu haben. Denn sie wollten von Anfang an bestimmt gar nicht baden gehen, können vielleicht sogar gar nicht schwimmen, sondern wollten mich nur heil und sicher hier abliefern. Aber so sind wohl nicht alle Männer gestrickt. Denn wie ich später einmal im Radio höre, hatte ein anderes Mädchen, welches zur gleichen Zeit auf der Autobahn nach Lyon unterwegs war, nicht so viel Glück gehabt. Sie war von ein paar jungen Typen mitgenommen worden, in ein Hotel verschleppt und eine Woche lang gefangengehalten und unzählige Male vergewaltigt worden, bis dass sie endlich fliehen konnte.
Ich schaue mich um: Ein riesiger gerader Strand aus kleinen Kieselsteinen liegt verlassen vor uns, kahl und ungemütlich. Die Sonne hat sich hinter Wolken versteckt, ein kühler Wind ist aufgekommen und nirgendwo ein Unterschlupf zu entdecken. Weder Baum noch Strauch gibt es hier, kein Häuschen oder Fischerboot, nur die grauen

Wellen rauschen wenig einladend über den Strand. Nein, das ist kein guter Platz, hier will ich nicht bleiben! Dann doch lieber wieder weitertrampen Richtung Côte d'Azur.

Es dunkelt schon, als wir an einer Schnellstraße bei Marseille stehen, wo uns ein Autofahrer blöderweise rausgelassen hat. Übernachten würden wir hier bestimmt nicht können, wie ich recht bald bemerke, und mitgenommen wohl auch nicht, denn die Autos rasen nur so an uns vorbei. Da hilft nur weitergehen, vorsichtig mache ich mich mit Muschel und dem Koffer an meiner Seite auf den Weg – am Rande einer Schnellstraße ein etwas gefährliches Unterfangen.
Während des Gehens halte ich weiter den Daumen raus, und auf einmal hält doch tatsächlich ein Auto neben uns. Ein Herr im Anzug von Anfang Dreißig sitzt alleine hinter dem Steuer eines schicken schwarzen Japaners und ist auf dem Heimweg nach Cassis, einem kleinen Ort am Meer hinter Marseille, wie ich später erfahre. Erleichtert steige ich ein, Muschel nimmt wie immer vorne zu meinen Füßen Platz. Der Mann ist Franzose, kann aber gut englisch sprechen und ist ziemlich gesprächig. Als er hört, dass ich einen Schlafplatz an einem Strand suche, bietet er mir sofort an, bei ihm zu

übernachten. So müde und fertig wie ich mittlerweile bin, nehme ich sein Angebot nach einigem Zögern dankend an.

Kurz vor Cassis biegt er ab und fährt zu einem Supermarkt, noch etwas fürs Abendessen kaufen, wie er mir erklärt. Auch das noch, ich wäre lieber direkt heim gefahren, um mich endlich irgendwo zum Schlafen hinlegen zu können. Aber während Muschel im Auto wartet, schieben wir mit dem Einkaufswagen an Regalen voller Köstlichkeiten vorbei. Was ich denn gerne essen würde, fragt er mich. Och, ich würde alles essen, hätte aber gar keinen Hunger, entgegne ich und hoffe, dass er mein Magenknurren nicht hört. Denn wieder einmal keimen bei mir Misstrauen und Verdacht, dass diese Fürsorge nicht ganz uneigennützig sein könne. So sehe ich mit wachsender Besorgnis, wie der Mann Sekt, Scampi, Salat, Baguette, Eis und mehr in den Wagen füllt, ein richtiges Liebesmahl wie mir scheint. Mit vollen Einkaufstüten kommen wir endlich zum Auto zurück. Mir drängt sich das Bild eines Hühnchens auf, das erst noch gemästet wird, bevor es auf die Schlachtbank kommt.
Mein Gastgeber wohnt in einem der neuen schicken Apartmenthäuser auf den bebauten

Hängen ringsum der Bucht von Cassis, so weit ich das im Dunkeln erkennen kann. Mit ungutem Gefühl steige ich aus und folge mit Muschel dem Mann zum Aufzug. Auch das noch! Ich hasse Aufzüge, da sie einem so wenig Fluchtmöglichkeit bieten. Vor seiner Wohnung angekommen bittet er mich freudig herein, öffnet im Flur flugs die Tür zu seinem Schlafzimmer, wo mittendrin ein französisches Bett prangt, wie ich mit einem Blick unschwer erkennen kann, und bedeutet mir, meinen Koffer dort schon einmal hinein zu stellen.

Ah ja! Sekt und Scampi hin oder her, was zu viel ist, sollte man lassen. Sofort schnappe ich mir wieder meinen Koffer und wende mich zum Ausgang. Ich müsse jetzt leider wieder gehen, erkläre ich dem verdutzten Mann, ich würde doch lieber am Strand übernachten. Nach so einer Ansage muss man mit allem rechnen, zumal der Mann ganz offensichtlich sehr enttäuscht ist. Ich bin fluchtbereit. Doch der Mann bleibt friedlich und bietet mir sogar an, uns noch zum Strand von Cassis runterzufahren, da man die Strecke unmöglich laufen könne. Was habe ich nur für ein Glück, denke ich, während wir uns wieder auf den Weg zur Tiefgarage aufmachen.

Der Abend ist mittlerweile schon ziemlich weit fortgeschritten, als der Mann uns auf dem Parkplatz am Strand von Cassis absetzt. Erleichtert schaue ich mich um: eine kleine Bucht umrahmt von sanften Hügeln mit vielen Lichtern, deren Schein sich im ruhigen Meerwasser spiegeln, über uns ein tiefblauer Himmel mit Tausenden von Sternen und vor uns Gott sei Dank ein kleiner, geschützter Sandstrand. Ach ja, hier würden wir bleiben und endlich ein ruhiges Plätzchen finden, auch wenn sich nun Hunger und Durst wieder melden. Und was würde ich jetzt für eine Kippe geben, die letzten Krümel meines Tabaks hatten sich schon vor geraumer Zeit in Rauch aufgelöst.

Ein Stück weiter steht ein alter VW Bus mit ein paar Jugendlichen darum. Da könnte ich bestimmt eine Zigarette schnorren, so hoffe ich. Beim Näherkommen merke ich, dass es Jungs aus Deutschland sind, die sich gerade mit Bier und Sangria ein feuchtfröhliches Beisammensein geben.
„Schönen guten Abend, habt ihr vielleicht mal ne Kippe für mich?"
„Hey, wo kommst du denn her? Bist du vom Himmel gefallen?"
Ein ziemlich gut aussehender Typ hält mir freudig eine Zigarette hin.

„Ach, ich suche eigentlich nur einen Schlafplatz und habe kein Geld."
Dankbar zünde ich mir an seinem Feuerzeug die Zigarette an und bekomme auch schon die Flasche Sangria gereicht.
„Du kannst bei uns bleiben, ich heiße Robby."
„Okay, dann brauche ich nicht alleine am Strand zu schlafen. Ich bin Emma."
„Und woher kommst du?"
„Ach, das ist eine lange Geschichte …"
Endlich wieder einmal deutsch sprechen – gerne erzähle ich von meinem Trip bis hierher. Irgendwann kramt einer Brot und Käse hervor, ein anderer taucht plötzlich sehr zur Freude Muschels mit gebratenen Würstchen aus dem Dunkeln auf und spätestens als mir ein Joint in die Hand gedrückt wird, bin ich restlos begeistert.

Und so kommt es denn, dass ich ein paar verrückte Tage in einem Luxus-Badeort an der Côte d'Azur verbringe, zusammen mit gesuchten Bankräubern, wie ich später von den Jungs erfahren soll.
Am nächsten Tag erhole ich mich aber erst einmal am Strand, werde großzügig von meinen neuen Bekannten mit versorgt und flirte ein wenig mit Robby. Das Wetter ist noch schön und den Strand haben wir fast

für uns alleine, da die meisten Touristen schon heimgefahren sind.

Mit dem Bus machen wir einmal einen Ausflug ins Hinterland, wobei ich ihre unrühmliche Geschichte erfahre. Angeblich hatten sie in ihrer Heimatgemeinde eine Sparkasse überfallen, waren mit der Beute von mickrigen 20.000 DM getürmt und haben diese an der feudalen Côte d'Azur schon fast gänzlich verprasst. Gerne wären sie nun wieder heimgefahren, doch leider stehen sie in Deutschland auf der Fahndungsliste. Angesichts dieser düsteren Aussichten erscheint mir mein eigenes Schicksal gar nicht mehr so schlimm, ich bin wenigstens frei und niemandem etwas schuldig. Meiner Ansicht nach wäre es besser, sich bei der Polizei zu stellen, um nicht noch alles zu verschlimmern, aber davon wollen sie nichts wissen, es gäbe kein zurück.

Schon bald geht mir ihre aufgesetzte Fröhlichkeit auf die Nerven, wird mir der ständige Alkoholkonsum zu viel. Ein Wetterumschwung bringt uns auch noch den kalten *Mistral*, der über den Strand fegt und mir nach nur einer Nacht eine Erkältung beschert. Endgültig Schluss mit lustig – ich beschließe, mich wieder auf den Heimweg zu machen.

Durch die Jungs hatte ich ein paar Edel-Penner kennen gelernt, die im Dunstkreis der Schickeria anscheinend prächtig zurechtkommen. Sie geben mir den guten Ratschlag, von nun ab mit dem Zug weiterzureisen, das wäre überhaupt kein Problem, auch nicht mit Hund. Die paar Kröten für die Fahrkarte nach Marseille hätten wir schnell zusammengebettelt, wie sie meinen. Von da ab solle ich dann schwarz mit dem Schnellzug nach Strasbourg fahren und bei einer Kontrolle dem Schaffner meinen Ausweis vorzeigen, ich würde dann einen Bußgeldbescheid nach Hause bekommen und könne aber weiterfahren. Alles in allem wie mir scheint eine vernünftige Alternative.
Während ich mich verschämt im Hintergrund halte, haben sie schon das Geld für meine Fahrkarte erbettelt und überreichen es mir voller Stolz. Ich bin platt und bedanke mich vielmals. Dann besorgen sie sogar noch bei ihrem Stammmetzger eine Tüte Knochen und Wurstreste für Muschel und bei einer Bäckerei Brot und Kuchen von gestern für mich. So machen wir uns dann wohlausgerüstet auf den Weg, dankbar verabschiede ich mich von ihnen und den Jungs.

Heimkehr mit Hindernissen

In Frankreich klappt die Reiseart der Penner prima, zwei Mal werden wir kontrolliert und meine Adresse anhand meines Reisepasses notiert, ohne dass wir aussteigen müssen. Auch Muschel scheint als Fahrgast akzeptiert, und so kommen wir schon spät abends auf dem Bahnhof in Strasbourg an. Der nächste Zug nach Frankfurt fährt erst gegen fünf Uhr morgens, es ist kalt und regnerisch.

Ich überlege gerade noch, wo wir uns bis dahin niederlassen sollen, als ein etwas abgedreht aussehender Typ mich auf Deutsch anspricht. Ob ich etwas Fressen für den Hund haben wolle, dann solle ich nur mitkommen. Mir ist der Mann zwar nicht ganz geheuer, aber er quatscht so lange auf mich ein, bis dass ich ihm in einen verlassenen Seitengang des Bahnhofs folge, der nur von kaltem Neonlicht erhellt wird. Dort geht er zu einem der Schließfächer und holt tatsächlich eine riesige Plastikbox mit einem undefinierbarem Reisgericht hervor.

Während ich mich erleichtert auf meinem Koffer in einer Ecke niederlasse, füllt der Mann den Deckel der Box mit einer großen Portion Reisbrei und stellt ihn Muschel zum

Fressen hin. Die stürzt sich auch direkt darauf und frisst gierig alles auf. Sofort füllt er den Deckel nochmals mit der gleichen Portion und stellt ihn wieder Muschel hin. Nun versuche ich aber, den Typ zu bremsen und bedeute ihm, dass es jetzt mal genug wäre, da der Hund sonst im Zug nachher alles wieder auskotzen würde. Auch diese Portion schlingt Muschel hinunter, und der Mann macht ungerührt Anstalten, den Deckel zum dritten Mal zu füllen.

„Jetzt lass es halt! Das ist zu viel für den Hund!", versuche ich jetzt energisch ihn zurückzuhalten.

Tatsächlich hält er inne, setzt den Topf ab, schaut zu mir herunter und holt mit der Hand zum Schlag aus. Völlig überrascht blicke ich auf in seine Augen, die jetzt einen irren Glanz haben. Wie gelähmt erwarte ich den Schlag, der aber nicht kommt. Stattdessen packt er seinen Reistopf wieder ein und verschwindet mit grummelnden Worten.

Das war knapp gewesen, von nun an würde ich mich von niemandem mehr ansprechen lassen. Ich schnappe mir Muschel und den Koffer und gehe wieder zurück in die Bahnhofshalle, um dort auf den Zug zu warten.

Als er dann endlich einfährt, ist er voll besetzt, man glaubt es kaum für die Uhrzeit, und ich muss mich mit Muschel und dem Koffer in den Gang quetschen. Kurz hinter der Grenze betreten zwei Zollbeamte das Abteil und kontrollieren die Ausweise. Auch das noch – hoffentlich wollen sie nicht auch die Fahrscheine sehen, wir sind doch gerade erst eingestiegen!
Aber zuerst interessiert die Herren nur mein Ausweis und der Impfausweis von Muschel. Als sie daran keinen Makel entdecken können, nehmen sie sich den Koffer vor. Schon bald sind meine wenigen Habseligkeiten, die zur Zeit hauptsächlich aus Schmutzwäsche bestehen, auf dem Gang verteilt, der Schlafsack aufgerollt und umgekrempelt, mein Kosmetikbeutel ausgeleert, selbst mein Wimperntuschestift wird aufgedreht und untersucht. Irgendwo müsste sich doch etwas finden lassen, jedenfalls geben sie sich alle Mühe. In meiner abgerissenen Jeans und speckigen Lederjacke entspreche ich wohl irgendwie dem Täterprofil einer Dealerin, die in ihrem alten Reisekoffer die Haschischplatten mit sich führt oder Uran in der Wimperntusche versteckt hält.
Natürlich habe ich zolltechnisch nichts zu befürchten, aber ich bange dem Moment

entgegen, wo die Herren nach meiner Fahrkarte fragen würden. Dieser bleibt allerdings aus, schließlich ist ein Zöllner kein Fahrkartenkontrolleur. Irgendwann ist alles durchsucht und die Zöllner setzen ihren Weg wieder unverrichteter Dinge fort, der Ärger über diese zeitraubende und erfolglose Aktion steht ihnen im Gesicht geschrieben. Ich wende mich dem Chaos zu, welches sie auf dem Gang mit meinen Sachen hinterlassen haben, und beginne schnellstens, meine Socken und Unterhosen aufzuklauben, da die Mitreisenden, die bisher dezent im Hintergrund gewartet haben, nun wieder durch den Gang wollen.

Gerade bin ich damit fertig, wir sind zwischenzeitlich schon vor Karlsruhe, als ein Schaffner herannaht. Er ist klein, dick, hat eine Halbglatze und lässt trotzdem jede bayerische Gemütlichkeit vermissen, denn er bekommt fast einen Herzinfarkt, als er gewahr wird, dass ich ohne Fahrkarte reise, und das noch mit Hund. Anscheinend ist ihm auch nicht die „französische Regelung" bekannt, denn von einem „Späterzahlen" will er partout nichts wissen. Mit hochrotem Kopf erklärt er mir, dass wir am nächsten Bahnhof, nämlich Karlsruhe, aussteigen müssen, er würde uns dann der Bahnpolizei

übergeben und eine Anzeige tätigen. Oh je, jetzt sind wir so weit gekommen und würden nun doch noch auf der Polizeiwache landen. Niedergeschlagen erwarte ich mit Muschel an meiner Seite unser Schicksal.
In Karlsruhe angekommen springt sofort der Schaffner herbei und winkt mich aus dem Zug.
„Geh her Madel, i hob koi Zick. Wenn di sofort schleichst, dann vergeß i die Soch. Also, ... pfürti! Un das't mir nimma schwaz führst, gel?"
Eh ich mich versehe, ist der Zug samt Schaffner schon weitergefahren und ich stehe deppert am Bahnsteig. Hat der Schaffner nun sein Herz entdeckt oder hat Zeitmangel mal etwas Positives bewirkt? Na egal, ich bin auf jeden Fall froh und schaue mich erleichtert nach einem Fahrplan um. Der nächste Zug nach Frankfurt würde in einer Stunde kommen, also genügend Zeit für eine schöne heiße Tasse Kaffee. Unser Reiseproviant ist schon lange aufgebraucht, aber ich habe ja noch meinen Notgroschen. In Anbetracht des nahen Zieles und den verschärften Bedingungen wie Kälte, Müdigkeit und Unwohlsein entschließe ich mich, das Geld anzubrechen und mir einen Becher Kaffee an dem Bahnhofskiosk zu leisten, Muschel bekommt etwas Wasser.

Und da die gebackenen Krapfen dort einfach unwiderstehlich duften, genehmige ich uns einen.

Der Zug trifft pünktlich ein, ich steige mit Muschel möglichst weit hinten ein. Der Schaffner ist ungefähr in der Mitte gewesen, also wenn ich jetzt immer weiter nach hinten gehe, würde es einige Zeit dauern, bis dass wir kontrolliert werden würden, so hoffe ich. Irgendwann sind wir dann halt im letzten Abteil angekommen und nehmen dort Platz. Endlich kann ich ein wenig entspannen, doch schon öffnet sich die Tür vom Abteil und ein junger Schaffner streckt seinen rötlichen Haarschopf hinein.
„Noch jemand zugestiegen, bitte?"
Ich schaue zu ihm auf, wäge in Sekunden meine Chancen ab und bestätigte dann ergeben mit einem „Ja".
Ich kann einfach nicht lügen, und schon gar nicht glaubhaft. Leider kennt auch er nicht diese schöne französische Regelung des Bahnfahrens bei nachträglicher Bezahlung, und so müssen Muschel und ich mitkommen. In seinem Dienstabteil sitzen wir uns dann gegenüber. Nebst seinen rötlichen Haaren hat er auch noch blaue Augen und ein freundliches Lächeln, wie ich nun erkenne. Wieso ich denn Zug fahre, wenn ich weder

Fahrkarte noch Geld hätte, will er nun ganz interessiert wissen.

Sofort steigen wieder die Tränen der alten Verzweiflung auf. Ja – wie kommt man nur in solch eine Lage? Wahrheitsgetreu schildere ich ihm diese kurz und natürlich hole ich nicht zu weit aus. Der Tod meiner Tochter geht niemanden etwas an außer mir und John. Und wie soll man das alles auch jemand anderem erklären?

Eigentlich würde ich mich nur gerne an einer starken Schulter ausruhen und nichts mehr tun müssen. Die Schulter kann mir der Schaffner zwar nicht anbieten, aber er drückt ein Auge zu und erlaubt mir anstatt dessen, bis Frankfurt frei fahren zu dürfen, samt Muschel. Denn dort muss ich umsteigen und den Regionalzug nach Oedingen nehmen.

Am frühen Mittag kommen wir dann endlich in Frankfurt an. Es ist Ende Oktober, ein kalter Wind mit Nieselregen fegt über den Bahnsteig, mein Hals beginnt wieder zu schmerzen. Mit Muschel und Koffer suche ich Schutz bei dem Bahnhofskiosk und gönne uns vom absolut letzten Geld zwei Portionen heiße Würstchen mit Brot und für mich noch ein Bier, während wir auf den Zug nach Oedingen warten.

Wir sind gerade erst eingestiegen, als wir schon wenig später vom Schaffner entdeckt und am nächsten Bahnhof von irgend so einem Kaff im Taunus kurzerhand wieder hinausbefördert werden. Nun habe ich endgültig die Nase vom Bahnfahren voll, zumal der nächste Zug auch erst in drei Stunden kommen würde.

So machen wir uns denn auf den Weg zum Ortsausgang. Es hat zu Regnen angefangen und der Weg zieht sich; der Koffer wird immer schwerer, der Hals immer dicker und der Magen knurrt immer lauter. Endlich haben wir die Landstraße erreicht und ich kann meinen Daumen zum Trampen raushalten, wenn denn ein Fahrzeug die wie ausgestorbene Straße entlang käme.

Aber es ist Samstagnachmittag im Herbst, die Leute sitzen bei dem schlechten Wetter bestimmt alle zu Hause gemütlich in ihrer Stube, wärmen sich am Feuer, trinken Tee und haben wohl etwas Besseres zu tun, als jetzt noch irgendwohin zu fahren. So kommt nur selten ein Auto vorbei und wenn, dann hält es nicht an. Denn wer will wohl eine schmutzig durchnässte Gestalt mit einem noch schmutzigeren Hund und einem nassen Kofferungetüm mitnehmen?

Ich muss an John denken, der ja noch gar nicht weiß, dass wir auf dem Nachhauseweg sind. Ob er wohl überhaupt zu Hause ist und wie würde er mich dann empfangen? Auf seinem Brief hin mache ich mir schon einige Hoffnungen ...

Endlich naht noch einmal ein Auto heran, eine Frau sitzt darin und – sie hält an. Sie ist auf dem Weg ins Nachbardorf, wie ich erfahre, aber sie nimmt uns wenigstens bis zur nächsten Bundesstraße mit, wo wir dann wieder stehen und warten. Mittlerweile dämmert es schon, ich friere erbärmlich in meinen dünnen durchnässten Sachen, habe starke Halsschmerzen und sehne mich nur noch nach einem warmen trockenen Bett.

Muschel kauert tapfer neben dem Koffer und hat die Ohren angelegt, damit der Regen nicht so hereintropft. Ach gibt es denn gar kein Fortkommen in dieser traurigen kalten Einöde?

Als ich die Hoffnung schon fast aufgegeben habe, hält ein Käfer mit einem jungen Mädchen am Steuer. Sie ist Studentin und auf dem Weg zu Besuch bei ihrer Mutter. Hatten wir das nicht schon einmal? Auch sie nimmt uns mit und macht sogar noch einen Umweg, um uns bis nach Oedingen zu bringen. Also schon wieder ein leibhaftiger Engel, dem Himmel sei Dank!

Es ist schon spät, als wir direkt vor unserem Haus raus gelassen werden. Im Wohnzimmer brennt Licht, John ist also zu Hause. Mit klopfendem Herzen stehe ich vor der Tür und klingele. Kurz darauf macht John die Tür auf und starrt mich entgeistert an, seine Gitarre hängt ihm dabei um den Hals.
„Ach, die Emma ist wieder da!"
Welch eine Begeisterung – er macht sofort wieder kehrt in Richtung Wohnzimmer, wo er sich erneut den Fingerübungen auf der Gitarre hingibt, bei denen ich ihn wohl gestört habe.
Ich nehme meinen Koffer und gehe hinein.
„Hallo John", bringe ich nur heraus.
Muschel pflanzt sich aufatmend neben den Ofen, ich lasse mich völlig erschöpft am Tisch nieder. Schön warm ist es hier, aber John würdigt mich keines Blickes. Es hat sich also nichts verändert, was habe ich nur geglaubt? Hilflos und enttäuscht vergrabe ich meinen Kopf in den Armen auf dem Tisch.
„Ich bin total fertig – ich glaube, ich bin krank!"
John unterbricht sein Geklimper.
„Das bist du selber schuld, hättest ja zu Hause bleiben können! Übrigens, ich habe deinen Käfer für einen Polterabend verschenkt, ich hoffe es ist dir recht? Über den Tüv wäre er eh nicht mehr gegangen,

und dann hättest du noch die Entsorgung zahlen müssen."
„Na klar. Aber schade ist es schon. Dann ist der Fiat vorm Haus jetzt deiner?"
„Ja."
Er stellt seine Gitarre beiseite.
„Also ich fahr jetzt nach Brachenburg zu Rudi und Ina."
„Was? Du willst jetzt wegfahren? Kannst du das nicht verschieben?"
„Das war schon vor einer Woche so ausgemacht, und du musst nicht meinen, dass ich wegen dir alles über den Haufen werfe, nur weil es dir beliebt, mal nach Hause zu kommen!"

Das kann doch nicht wahr sein! Jetzt komme ich nach 6 Wochen und einer schwierigen Odyssee endlich nach Hause und John muss Rudi und Ina besuchen fahren. Warum hatte er dann bloß diesen Brief geschrieben? Tatsächlich fängt John an, seine Sachen zusammenzusuchen und seine Jacke anzuziehen.
Bitte bleib hier, bitte lass mich jetzt nicht allein!
Stumm kann ich nur diesen einen Gedanken fassen, aber leider kommt er mir nicht über die Lippen, wie auch keine Erklärung, warum ich so lange weggewesen bin.

„Leg dich ins Bett, dann wird es schon besser. Also bis morgen!", und weg ist er.
Ich starre auf den Tisch vor mir, während dicke Tränen der Enttäuschung mir die Sicht trüben. Kein Willkommen, keine Nähe, noch nicht einmal Anteilnahme gibt es hier. Wieso bin ich bloß zurückgekommen? Und wie konnte ich mir nur einbilden, dass sich irgendetwas gebessert haben könnte?
Den einen Brief an mich hatte er wahrscheinlich in einer sentimentalen Anwandlung geschrieben und ich war wieder mal so blöd gewesen und hatte mir Hoffnungen gemacht. Wann lerne ich endlich, dies zu lassen? Ein Ring aus Eis legt sich um mein Herz und strömt von da in jede Ader. Ach lieber Gott, was soll ich hier bloß noch?

In einer letzten Anstrengung rappele ich mich hoch, versorge Muschel mit Futter, hole mir ein Glas Wasser und schleppe mich dann die Treppe rauf. Oben ist es eiskalt, da kein Ofen an ist. Unberührt und verlassen liegt mein Zimmer da mit all den stummen Mahnmalen wie Wiege, Wickelkommode und Mobile.
Es ist, als wenn ich nie weg gewesen wäre, die ganze alte Verzweiflung fällt wieder über mich herein. Benommen wasche ich mich

nur flüchtig im Bad und verkrieche mich dann mit einer zusätzlichen Decke ins Bett.
Trotz meiner Erschöpfung kann ich nicht einschlafen, starr und steif vor Kälte liege ich im Dunklen da und fühle mich wie in einem Eiskeller.
Aus, alles aus, sagen mir meine Gedanken immer wieder, du bist vollkommen alleine auf dieser weiten Welt. Du bist tot und dein Bett ist in Wirklichkeit ein Sarg.
Doch was war das? Habe ich da nicht unten ein Geräusch gehört? Leise öffnet sich die Tür zu meinem Zimmer.
„Emma, schläfst du schon?"
„Nein."
„Darf ich mich zu dir legen?"
„Ja."
John kommt herein, schlüpft aus seinen Sachen und kriecht zu mir unter die Decken. Wach ich oder träum ich?
„Ich habe das beim Rudi nicht lange ausgehalten und gesagt, dass du nach Hause gekommen bist und ich lieber noch mal ein anderes Mal komme."
„Das hast du wirklich gesagt?"
„Ja.."
Er nimmt mich in die Arme und drückt mich an sich. Bei mir setzt Tauwetter ein.
„Ich habe mich so nach dir gesehnt, Emma – warst du mir denn auch treu?"

„Ich war dir bisher immer treu, John, ich liebe dich nämlich!"
Um auch noch meine Rückseite anzuwärmen, drehe ich mich rum und kuschele mein Hinterteil gegen seinen Bauch. Aber ist da nicht etwas Hartes, was sich zwischen meine Schenkel drückt? Ich kann es kaum glauben, denn die letzte Annäherung solcherart ist schon fast ein Jahr her. Bereitwillig strecke ich ihm meinen Hintern entgegen, unverzüglich dringt er in mich ein und genauso schnell ist er wieder draußen, daran hat sich anscheinend nichts geändert. Mir ist's egal, Hauptsache wir sind wieder zusammen. Endlich falle ich in einen tiefen Schlaf.

Der Irrtum

Ich wache auf, als John sich gerade aus dem Bett stiehlt und seine Klamotten zusammensucht.
„Was ist los, wo willst du hin?"
Müde rappele ich mich hoch.
„Ich habe heute Probe."
„Kannst du die nicht ein Mal ausfallen lassen? Bitte!"
„Sie ist letztes Mal schon ausgefallen. Jetzt stell dich nicht so an, ich bin schließlich nur für ein paar Stunden weg."
Er nimmt seine Sachen und geht ins Badezimmer ohne eine Geste des Abschieds, so als wenn es keine Annäherung gegeben hätte, oder hatte ich sie vielleicht nur geträumt?
Aber anscheinend hatte er ja wohl zumindest bei mir genächtigt. Ich schaue auf die Uhr, es ist erst zehn. Ein Blick zum Fenster kündet von einem grauen, trüben Herbsttag. Eigentlich eine ideale Gelegenheit, diesen Sonntag im Bett zu verbringen, sich etwas zu verwöhnen, ein bisschen zu kuscheln, ein wenig zu plaudern. Ach wäre das schön! Aber nein, sonntags hat John Probe und da kann ihn nichts und niemand davon abhalten, oder vielleicht doch?

Ich ziehe mir meinen Bademantel über und gehe nach unten, wo ich John in der Küche hantieren höre. Er hat Kaffee gemacht und setzt sich nun zum Frühstück an den Tisch im Wohnzimmer, Muschel ist schon draußen im Garten.
„Hast du einen Kaffee für mich?", frage ich und setze mich ihm gegenüber.
„Wenn du eine Tasse hast?"
Er schaut von seinem Brot nicht auf, welches er sich gerade schmiert. Ich hole mir eine Tasse und schenke mir ein.
„Warum war denn die Probe letztes Mal ausgefallen?", beginne ich vorsichtig.
„Weil Hans-Werner nicht konnte."
Ich nehme einen Schluck Kaffee.
„Und wenn du auch einmal nicht kannst? Wenn du nicht im Bett bleiben willst, können wir auch einen schönen Spaziergang machen oder uns was Leckeres kochen, ich habe schon lange nichts Richtiges mehr gegessen."
„Mensch Emma, ich habe dir doch gesagt, dass ich heute Probe habe! Mach was du willst, aber ich muss jetzt los."
Hastig schiebt er sich den letzten Bissen in den Mund, trinkt seinen Kaffee aus und steht auf.
„Also, bis heute Abend."
„Ja, tschö!"

Ich starre zum Fenster hinaus, wo das Schlachthäuschen von gegenüber allmählich vor meinen Augen verschwimmt. Dann sehe ich John mit der Gitarre unterm Arm in sein Auto steigen und wegfahren. Nun laufen die Tränen in Strömen, während die Erinnerung mich wieder einholt.

Nein, es hatte sich nichts geändert, aber auch gar nichts! Wieder einmal sitze ich alleine in dem kalten toten Haus und weiß nicht, wie ich den Tag überstehen soll. Muschel, die vor der Tür steht und herein will, reißt mich aus meinen Gedanken. Ich gebe ihr Futter und mache mir dann auch ein Brot.

Nein, so geht es nicht weiter – ich muss ausziehen! Doch ohne Geld? Zuerst würde ich mich arbeitslos melden, was ich nach Gretes Tod bisher versäumt hatte zu tun, und dann Arbeit und eine kleine Wohnung suchen. Aber zuerst würde ich jetzt ein heißes Bad nehmen und dann mit Muschel einen schönen Spaziergang machen, das tut bestimmt auch meiner Erkältung gut. Bloß nicht an die Wiege in meinem Zimmer denken, oder das kleine Grab am Ende des Friedhofs.

Nach einem langen Spaziergang kehre ich mit Muschel noch in die Oedinger Dorfschänke ein. Alleine möchte ich jetzt nicht zu Hause sein und John wird frühestens gegen Abend wieder zurück sein und was Besseres fällt mir nicht ein ohne Auto.

Es ist Sonntagnachmittag und das erste Mal, dass ich in Oedingen einkehre. Sofort unterbricht das Stimmengewirr, als ich mit Muschel eintrete, so dass nur noch der Kommentar einer Fußballübertragung vom Fernseher in der Ecke zu hören ist. Neugierig werden wir vom Wirt und den Männern vor der Theke beäugt mit ihrem Bier vor sich, während der kleine Kaffeekranz gesetzter Damen hinten in der Ecke kurz inne hält bei der Bewältigung diverser Tortenstücke.

Schnell lasse ich meinen Blick schweifen: Rauchschwaden hängen im dämmrigen Licht über altdeutsche Tische mit angestaubten Fransendeckchen, an den Wänden ein paar Vereinsurkunden, die Fahne des Ödinger Schützenvereins und ein Hirschgeweih.

Ich wähle einen Tisch am Fenster und bestelle Kaffee und Cognac. Das würde wärmen und gleichzeitig die Bakterien abtöten, die sich wohl immer noch in meinem Hals tummeln. Daheim hatte ich noch ein paar Märker in Reserve gehabt und die müssen jetzt dran glauben; morgen würde ich endlich zur Bank kommen. Der Wirt schlurft herbei und stellt das Gewünschte mit einem „Zum Wohle" vor mich hin. Ich nehme einen guten Schluck vom Cognac, warm rinnt er durch die Kehle und mildert für einen Moment die Schmerzen in meinem Hals, bevor er sich auf den Weg durch meine Adern macht und dabei die Kälte vertreibt.

Die Tür geht auf und ein junger Mann kommt herein, setzt sich am Tisch neben mich und bestellt einen Kaffee. Er scheint auch kein Einheimischer zu sein, und irgendwie kommen wir ins Gespräch. Ich erfahre, dass er Patient in der benachbarten Alkoholikerklinik ist und heute Ausgang hat. Schon bald klagen wir uns gegenseitig unser Leid, er gibt mir noch einen Kaffee mit Cognac aus und so vergeht der Nachmittag.

Als ich dann am frühen Abend nach Hause komme, bin ich verständlicherweise leicht angeschlagen, denn ich hatte seit dem Frühstück nichts mehr gegessen. John ist schon da, hat den Ofen angemacht und ist am Kochen. Er fragt nicht, wo ich herkomme und sagt auch sonst nichts.

„John, ich muss mit dir reden."
„Ich glaube, du gehst besser ins Bett und schläfst erst mal deinen Rausch aus."
„Ich habe keinen Rausch, ich habe nur ein paar Kaffee mit Cognac getrunken."
„Also gut, was willst du mir sagen?"

„Dass es so nicht weiter geht und ich ausziehen werde!"
Wird er jetzt endlich aufwachen?
„Ah ja! Und – weißt du schon, wo du hinziehen willst?"
„Nein, aber ich werde mir etwas suchen. Und bis dahin werde ich versuchen, bei einer Freundin unterzukommen."
„Wenn du meinst ..."
„Es hat ja doch keinen Zweck mehr mit uns, und ich halte das so einfach nicht mehr aus!"
Mit unbeweglicher Miene rührt er im Kochtopf herum.
„Wir können dann gleich essen."
Ich gebe auf.
„Nein danke, ich hab' keinen Hunger. Ich gehe ins Bett."

Es kommt der Tag des Auszugs. Ich habe nicht mehr viele Klamotten in Oedingen, da ich die letzten Wochen meistens bei Bärbel verbracht habe. Die Zeit war mit Arbeits- und Wohnungssuche und Jobben vergangen, Weihnachten und den Jahreswechsel hatte ich mehr schlecht als recht überstanden.
An Sylvester war ich mit Muschel nach Oedingen getrampt, um John noch einmal zu sehen. Er war aber nicht zu Hause, und nach zwei Stunden vergeblichen Wartens machte ich mich wieder auf den Weg. Dann würde

ich eben zu Paul fahren, in seiner WG sollte eine Sylvesterfete stattfinden.

So standen wir wieder an einem grauen trüben Nachmittag im kalten Wind an einer ausgestorbenen Landstraße und warteten auf ein Auto. Endlich wurden wir mitgenommen und waren schon durchs nächste Dorf, als ich John auf der Gegenspur vorbeifahren sah. Er hatte mich in dem fremden Auto nicht bemerkt und ich wollte nicht wieder aussteigen und zurücktrampen. Traurig sah ich seinem Auto hinterher.

Warum hielt er nur nicht an? Warum holte er mich nicht aus dem Auto raus, um mir zu erklären, dass alles nur ein Missverständnis war und er mich in Wirklichkeit sehr lieben würde und wir nun einen wunderbaren Abend zusammen verbringen würden? So, wie es im Fernsehen immer so schön der Fall war! Natürlich hielt er nicht an, und ich gab einmal mehr jede Hoffnung auf.

Aber ich pflegte wieder alte und neue Kontakte. Kerstin, gerade frisch getrennt und auf der Suche nach einem Häuschen für sich, ihren Hund und ihre Töpferwerkstatt, bot mir an, zusammen etwas zu mieten. Und so fuhren wir mit ihrem alten Kasten-R4 übers Land und hielten dabei nach einem verlassenen Haus Ausschau. Schon nach kurzer Zeit fanden wir ein kleines altes Fachwerkhaus mit Garten und Scheune und einem Walnussbaum im Vorgarten, neben einem Bach gelegen am Rande eines Dorfes. Genau das, was wir gesucht hatten. Mit einigen Überredungskünsten konnten wir den Besitzer davon überzeugen, das Haus nicht wie vorgehabt abzureißen, um eine Ausstellungsfläche für seinen Autoverkauf zu gewinnen, sondern an uns zu vermieten. Es musste nur etwas renoviert werden, also eine echte Aufgabe.

Ich stellte mich dieser, indem ich erst mal einziehen wollte, um dann in Ruhe zu renovieren. Es waren noch einige alte Möbel von der Mutter des Besitzers vorhanden, die als letztes dort alleine gewohnt hatte und nun zu ihrem Sohn auf das benachbarte Grundstück gezogen war. Sie freute sich, dass ihr altes Heim noch so gute Verwendung fand und kam dann gerne einmal vorbei, um mit uns ein Schwätzchen zu halten und von den guten alten Zeiten zu erzählen. In der Küche stand noch der große gusseiserne Herd und ein alter Küchenschrank samt Tisch und Stühle aus Eichenholz.

So brauche ich nun nicht mehr viel von Oedingen mitzunehmen: Nur ein paar Kisten,

Pflanzen, mein Bett, meinen Schaukelstuhl und die Kommode. Ich hatte sie in einer stillen Stunde schon vorher ausgeräumt und die Baby-Sachen an Anita verschenkt, die mittlerweile schwanger ist. Ach, mit wie viel Liebe hatte ich nur die Sachen eingeräumt, die nun ein anderes Kind tragen würde!

John ist noch auf der Arbeit, als ich das letzte Mal mit dem R4 von Kerstin nach Oedingen fahre, um die übrigen Sachen zu holen. Ich bin gerade fertig und will wieder wegfahren, als John nach Hause kommt.
„Bist du schon fertig?"
„Ja, es war ja nicht mehr viel. Hier hast du meinen Schlüssel."
„Danke. Ist eigentlich schade, dass es mit uns nichts gegeben hat, oder?"
„Mann John, du wolltest doch nicht! Ich habe lange genug gewartet."
„Ja, aber ich konnte nicht – ich konnte dir das mit Geier nicht verzeihen."
„Mensch, da war doch gar nichts, das habe ich dir doch schon so oft gesagt!"
Er schaut mir in die Augen, zum ersten Mal seit langem.
„Dann war mein Verdacht ganz umsonst?"
„Nein, er hat uns viel gekostet!"
„Tut mir leid, Emma."

„Ja, mir auch. Aber leider kommt deine Einsicht etwas zu spät."
Wir schauen uns an. Wie gerne hätte ich alles rückgängig gemacht, wie schön wäre es, aus diesem Alptraum zu erwachen, so als wenn nichts passiert wäre.
Also John – mach's gut."
Ich steige ein, winke noch einmal und fahre fort in mein neues Leben.

SPUREN IM SAND (Gebet aus Taize)

Ein Mann hatte nachts einen Traum. Er träumte, dass er mit Gott am Strand entlang spazieren ginge. Am Himmel zogen Szenen aus seinem Leben vorbei. Und für jede Szene aus seinem Leben waren Spuren im Sand zu sehen.
Als er auf die Fußspuren im Sand zurückblickte, sah er, dass manchmal zwei Spuren und manchmal nur eine Spur da war. Er bemerkte weiter, dass sich zu Zeiten größerer Not und Trauer nur eine Spur zeigte.
Deshalb fragte er den Herrn:
"Herr, ich habe bemerkt, dass zu den traurigen Zeiten meines Lebens nur eine Spur zu sehen ist. Du hast aber versprochen, stets bei mir zu sein. Ich verstehe nicht, warum du mich da, wo ich dich am nötigsten brauchte, allein gelassen hast."
Da antwortete der Herr:
"Mein lieber Freund, ich liebe dich und würde dich niemals verlassen.
In den Tagen, in denen du am meisten gelitten und mich am nötigsten gebraucht hast, wo aber nur eine Spur zu sehen war, da habe ich dich getragen."